《作家文摘》/编

一个人，一座城

作家出版社

图书在版编目（CIP）数据

一个人，一座城 /《作家文摘》报社编 . -- 北京：作家出版社，2021.5

ISBN 978-7-5212-1257-0

Ⅰ. ①一… Ⅱ. ①作… Ⅲ. ①散文集-中国-当代 Ⅳ. ①I267

中国版本图书馆 CIP 数据核字（2020）第 270724 号

一个人，一座城

主　　编：《作家文摘》报社
责任编辑：姬小琴
特约编辑：娜　拉
装帧设计：于文妍
出版发行：作家出版社有限公司
社　　址：北京农展馆南里 10 号　　　**邮　　编**：100125
电话传真：86-10-65067186（发行中心及邮购部）
86-10-65004079（总编室）
E-mail: zuojia@zuojia. net. cn
http: // www. zuojiachubanshe.com
印　　刷：中煤（北京）印务有限公司
成品尺寸：142×210
字　　数：183 千
印　　张：8.875
版　　次：2021 年 5 月第 1 版
印　　次：2021 年 5 月第 1 次印刷
ISBN 978-7-5212-1257-0
定　　价：46.00 元

目 录

○ 文化温床

○ 浪漫足迹

○ 生活舞台

第一辑

文化温床

作家们的“奇葩”书房

◎ 刘世芬

对作家而言，人生的一半都在看书，另一半在写书。回望那一个个千奇百怪书的“生产车间”，不由令人肃然起敬。

为了写作《古船》，张炜可谓“三易其地”。其实当时的张炜，文债累累。他开始琢磨躲开人群，就在军区招待所找了一间小屋，成为隔开红尘的暂时屏障。然而，毕竟身处闹市，半年后，还是被人“挖”了出来。他的小屋不再宁静，只得“另辟蹊径”——这是位于济南郊区一座山脚下的孤房子，大约 10 平方米，是一处废弃的配电小屋。这里人迹罕至，阴暗潮湿，难见阳光。收拾停当，张炜在小屋里放了一张桌子和一张床，烧点热水，开始了写作，一直到打好《古船》草稿。

张炜《九月的寓言》的诞生地则是登州海角，一处从朋友处借来的“待迁的房子”，面朝大海，“说不出的简陋”，却“隐秘又安静”。

《麦田里的守望者》给塞林格带来巨大名声和财富之后，在他位于纽约家的楼下，经常有打扮成霍尔顿模样的少年问他：你怎么会这么了解我？他无言以对。这些骚扰让他不堪其烦。1953 年，塞林格在新罕布什尔州的康沃尔小镇买了一块九十多英亩的土地，造了一间石头房子，隐居下来。

在那里，塞林格住在两所不同的房子里。一所是他和妻子克莱尔的家，另一所就是他的写作室了。两处房子相距四分之一英里。他每天早晨六七点起床，早餐后带着午饭去那个封闭的“书房”写作。房子四周都是树木，布着铁丝网，装了警报器，别人想拜访他，要先递信件。到后来，那间小房子装了一部电话。他指示克莱尔，除非必要，决不能随意打扰他。有许多个晚上，晚饭后他又回到小房子里继续写作。再后来，塞林格索性把自己关在小屋里一两周也是常事。

在毛姆已享盛名的20世纪初，法国地中海沿岸的里维埃拉成为许多欧美作家的天堂，他们纷纷在那里定居。1927年，毛姆在这里拥有了一幢前摩洛哥亲王的旧宅——装饰一新的莫雷斯克别墅。他的书房位于二楼，“从一个小小的绿色楼梯上去就到了毛姆的工作室，它像安放在二楼平顶上的一只长方形盒子。一面墙开着几个长长的落地窗，另一面墙放满了书籍。面对书籍的写字台是一个八英尺的西班牙写字桌。光线从高更式窗户射进来，这个窗户是从塔西提岛买来的，把它装在升高的壁凹中……”

毛姆经常邀请慕名前来的朋友参观他的书房，对他们说：“你看见从下往上数第三排吗？”他指着书架说：“它正对着我的水平视线。当我一时想不出合适的词时，我就抬头，告诫自己，不管多么疲倦，那整整一个书架摆满的都是我自己的书……”

1851年，雨果开始了他长达20年的流亡，先后辗转三地：布鲁塞尔、泽西岛和盖纳西岛。雨果租了盖纳西岛上城街20号一座悬崖顶上的房子，这就是后来写出《悲惨世界》和《海上劳工》等名著的“上城别墅”。

上城别墅是一座高层建筑，正面开了14个窗洞。从窗口望去，英吉利海峡的所有岛屿尽收眼底，海港就踩在脚下。别墅共四层，妻女住在二楼，雨果和儿子们住在三楼。雨果自己在四楼建造了一个能够俯瞰大海的瞭望台，这里成为雨果的写作间。他是站着写作的，面前放着一面镜子，镜子上有他亲笔画的怪异的花瓣儿。雨果在写作间里贴满了他用法语写成的各种格言警句："生活就是流亡""6 点起床，10 点睡觉，长命百岁"……写作间旁边有两间小卧室，他有时不愿下楼，就睡在其中一间的小床上，另一间则是女佣的房间。他的记事本上记录着一个个年轻侍女的名字。据他自己说，越是年老，就越是需要年轻的女性陪在身边激发他的写作灵感。而他的情人朱丽叶，则被他安置在与上城别墅咫尺之遥的"拉法侣"别墅。或许因为这独特浪漫的海景，雨果的许多诗句竟是在睡梦中得来。睡意蒙眬中，他把诗句记下来，第二天早晨再把夜间的收获整理归仓。

相对于雨果的枕涛疾书，巴尔扎克名垂文学史册的破阁楼就显得寒酸多了。他生活在一个既无供暖也无家具的小阁楼里。不过，这位勇敢无畏的大作家，决定用自己的想象力来给这间小屋进行内部装饰。空空如也的四壁上，他写下了希望摆在那儿的东西。在一面墙上，他写了"红木镶板，五斗柜"，另一面墙上则是"哥白林挂毯，威尼斯挂镜"，而在空荡荡的壁炉前，他写的是"拉斐尔的画"。

曾经经营医院的福楼拜的父亲，临终前为家人在塞纳河畔的克鲁丽塞买了一处房产，那是一幢有着 200 年历史的精美石屋。福楼拜的书房就位于底楼，窗户面向塞纳河和花园，因此，他的书房具有"航标"的美誉——通宵达旦地写作，终夜点着有绿罩的灯，成为塞纳河上的渔夫与船长们的免费灯塔。

（选自《作家文摘》第 2319 期）

夏衍的文学地图

◎ 王凯

夏衍的文学之路始于日本留学期间，回国后在上海从事进步文化活动。全面抗战爆发后，夏衍辗转广州、桂林、香港、重庆等地，主持大后方左翼文化运动。

东京的爱情小说

1920 年秋，20 岁的夏衍坐船到日本东京留学。

明治专门学校虽然是私立的工业学校，但图书馆藏书却非常丰富，和国立的综合大学相差无几，除专业书刊外，哲学、文学和经济学方面的书籍也为数不少。在校期间，夏衍阅读了许多文学大师的经典著作，文学梦就是从这个时候开始萌芽的。

1924 年 11 月，夏衍写了一篇名为《新月之下》的小说，描述了一名中国留日学生对恋人的思念。这是夏衍的第一篇小说，他署名“沈宰白”寄往上海，不久便在《狮吼》半月刊刊出了。

后世的研究者包括夏衍家人都认为这是一篇自传体小说，因为小说描述的故事和情感与夏衍的经历高度吻合，当时他去日本留学后，母亲为其选择了一位未婚妻蔡淑馨，1924 年暑假俩人见面后彼此心仪，夏衍在日记中称她为“我的百合花”，后来俩人白头到老，相伴一生。

上海屋檐下的故事

夏衍在上海期间，除了参与领导左翼文化运动，还创作了大量文学作品，话剧《上海屋檐下》就是这个时期的代表作。在中国话剧百年历史上，有“北《茶馆》，南《屋檐》”之说，这个“屋檐”指的就是夏衍的《上海屋檐下》。

《上海屋檐下》创作于 1937 年春，当时西安事变刚刚结束，根据国共两党协议，国民党政府大批释放历年来逮捕的共产党人和进步人士。夏衍身边也有不少熟人和朋友有类似经历，于是有感而发，写了这出三幕话剧，开始起名《重逢》，后改为《上海屋檐下》。

对上海市民生活熟悉是夏衍创作的最大优势，他笔下的老上海不时尚，不小资，也不风花雪月，而是一个散发着烟火气的、有质感的上海。

《上海屋檐下》中匡复由赵丹出演，林志成由原型人物魏鹤龄扮演，赵丹妻子叶露茜也在剧中扮演了一个角色。但他们万万没有料到，这个悲欢离合的故事竟然由舞台延续到生活，1939 年赵丹在新疆被军阀盛世才扣押，重庆误传他已遇害，大后方文艺界还为他召开了追悼会。叶露茜携幼子改嫁戏剧家杜宣，几年后赵丹回到重庆，与叶露茜见面后百感交集。

雾锁重庆下逼出来的话剧

抗战史上重庆“雾季公演”非常有名，每年的 10 月到第二年 5 月，重庆大雾锁城，不利于日军轰炸，于是成就了中国话剧史上的一次高峰。这时夏衍已从香港来到重庆，在周恩来指示下，他与金山等人筹办中国艺术剧社，同时创作了《法西斯细菌》。

据夏衍回忆，这出戏是被其老友、戏剧导演应云卫逼出来的。1942 年夏天的一个深夜，天气热得像蒸笼，夏衍正在家里开着房门睡觉。突然有个人倒在他身上，把他吓了一跳，开灯一看，原来是应云卫。他对夏衍说："今年雾季没有戏演了，你给我写一个，八月底必须交稿，否则我就住在你家不走。"夏衍只好应承，但提出了一个问题："我写出来能不能通过检查，没有把握。"应云卫许诺说："我去对付，你只管写就是了。"

应云卫把夏衍安排到重庆后花园北碚，在缙云山脚下的一间小屋里，夏衍度过了几个月世外桃源生活，一天三顿饭包给附近的小饭馆。这出戏就是《法西斯细菌》。写完后，夏衍交给应云卫，应连看都没看，对夏说："我保证用最好的演员，最好的导演，将这部戏排好。"

《法西斯细菌》故事以夏衍的两个医生朋友为原型，描写一位潜心于细菌学研究的科学家俞实夫，在日本入侵中国的残酷事实面前，从不问政治到反对法西斯的觉醒过程。《法西斯细菌》在国泰电影院上演后引起轰动，周恩来专门通知在北碚的夏衍回城，高兴地对他说："这出戏写得不错，我打算请几位医生看，听听他们的意见。"当天来看戏的有五六位医生，周恩来将他们一一介绍给夏衍，并对他说："我在延安看过你的《上海屋檐下》，但还是喜欢这出戏。"

（选自《作家文摘》第 2384 期）

欧洲都会的文学魅影

◎［英］海伦·布雷迪

布拉格最伟大的作家有弗朗茨·卡夫卡、米兰·昆德拉和诗人莱纳·马利亚·里尔克。卡夫卡故居虽已被拆除，但还有卡夫卡博物馆可以让我们一窥这位文学史上传奇人物的生活。里尔克喜欢光顾市中心一家叫斯拉维亚的咖啡馆，并将此地写进了他的作品《布拉格的两个故事》中。这家咖啡馆位于国家大剧院对面，现在仍是布拉格许多作家和知识分子经常光顾的地方。

圣彼得堡曾被陀思妥耶夫斯基称为“世界上最抽象和最具意向的城市”。陀氏三分之二作品的故事背景都在这里。这座城市也给了安娜·阿赫玛托娃、普希金、亚历山大·勃洛克和果戈里等作家无数灵感。游客可以参观启发阿赫玛托娃诗歌创作的监狱、普希金同名诗歌中的青铜骑士雕像，以及纳博科夫年轻时向其妙龄女友求婚的文化博物馆。

巴黎也许是地球上最具文学气质的城市，从15世纪到20世纪，以作品和生活方式闻名天下的诗人、剧作家和小说家都深受它的浸染。从马拉美、福楼拜到普鲁斯特，作家们从不吝赞颂这座城市的传奇历史。20世纪，以海明威、菲茨杰拉德、庞德和斯坦为代表的美国自由派作家，逃离了故国令人窒息的保守氛围，来到这座光明之城进行自由创作和生活。直到今天，在巴黎左岸和拉丁区那些充满活力的咖啡馆和书店里，依然弥漫着浓厚的文学氛围。

伦敦的大英图书馆是世界上最大的图书馆之一，在这里可以看到1215年的《大宪章》和许多珍贵手稿，如夏洛蒂·勃朗特的《简·爱》、查尔斯·狄更斯的《尼古拉斯·尼克尔贝》等。伦敦到处都是文学地标，最知名的有莎士比亚环球剧场、约翰·济慈故居博物馆、查尔斯·狄更斯博物馆等。

詹姆斯·乔伊斯、乔治·萧伯纳、威廉·叶芝、塞缪尔·贝克特等均出生于都柏林。叶芝于1903年创立的艾比剧院至今仍是演绎经典和现代戏剧作品的主要舞台。都柏林不可错过的文学地标还有詹姆斯·乔伊斯中心、爱尔兰国家公共图书馆和圣帕特里克大教堂（讽刺文学大师乔纳森·斯威夫特曾于1713年至1745年在该教堂担任主任牧师）。

爱丁堡是世界上首个荣膺联合国教科文组织“文学之都”称号的城市。该城是沃尔特·司各特、缪丽尔·斯帕克和罗伯特·路易斯·史蒂文森等文学大家的故乡。爱丁堡市中心的司各特纪念塔是世上现存最大的作家纪念碑。建于1446年的罗斯林礼拜堂装饰华丽繁杂，在丹·布朗的小说《达·芬奇密码》中大放异彩。沃尔特·司各特和诗人威廉·华兹华斯都在作品中写到了它。

（选自《作家文摘》第2287期　王映红译）

曹雪芹的园林基因

◎ 李明新

拿着大观园图纸写《红楼梦》的曹公，打小就是一位公子哥儿。曹雪芹出生的江宁织造府西侧，有被曹雪芹的祖父曹寅称作“西园”的园林，这是典型的江南私家园林，格局虽小却清雅幽静。园中的楝树是曹雪芹的曾祖曹玺亲手所植，为纪念父亲，曹寅又在树旁建了楝亭。曹玺、曹寅、曹雪芹的父亲曹颙、叔父曹頫在这里接待京城来的要员，与江南才子诗酒茶话。一幅画让一次雅集成为千古佳话：纳兰容若过世 10 年之际，曹寅与来访的庐江郡守张纯修、江宁知府施世纶在楝亭内秉烛夜话，缅怀共同的好友纳兰容若。张纯修把这个难忘场景即时记录下来，是为《楝亭夜话图》。

也有学者认为曹雪芹出生在他舅爷李煦的苏州织造署，李煦在这里主持苏州织造工作 30 年，织造署的西花园堆山凿池，曲尽自然人文之妙。曹雪芹在亭台楼阁间渐渐长大，13 年的浸染，园中四时不同的景物变化，在曹雪芹心中留下抹不去的华丽底色。

在曹雪芹的血液里，园林的基因由来已久——曹寅曾经监造过“三山五园”之一的畅春园。畅春园即将建好之时，康熙帝又让李煦担任畅春园的总管。

畅春园在现在北京大学的西门外。当年这里水草丰美、万泉涌流、杨柳茂盛，是造园的首选之地。曹寅于康熙二十四年（1685）以内务府郎中的身份监造了畅春园西花园工程，直到康熙二十九年（1690）外放苏州织造一职。康熙五十一年（1712）上元节，曹寅应召到畅春园赏灯、赐宴，这是举家南迁赴任 20 年后，他最后一次故地重游。半年后，曹寅在扬州天宁寺病逝。

雍正六年（1728），13 岁的曹雪芹随家人回到京城，初居在崇文门蒜市口一带的 17 间半房内。家庭的巨大变故，南北风貌的差异，都对这位早熟、聪颖、敏感的少年形成强烈的刺激。那个风花雪月的江南故园，成为他回不去的“秦淮旧梦”。

乾隆帝酷爱园林，他兴建清漪园时，曹雪芹生活在西山，此时也正值他《红楼梦》创作的高峰期。大观园中稻香村、藕香榭、畅观楼、嘉荫堂、含芳阁这些耳熟能详的建筑名称，很多都在皇家园林中真实存在着，由此可见其相互借鉴的关系。

（选自《作家文摘》第 2275 期）

凡尔纳的亚眠故居

◎ 傅雨箫

在儒勒·凡尔纳活着的时候，他最受欢迎的小说销量超过十万册。中年后，他定居法国北部的亚眠，20 世纪末，凡尔纳所居住的小楼被亚眠市政府改建成了一座纪念凡尔纳的博物馆。

红砖小楼的沙龙

凡尔纳故居离亚眠火车站不远。离得很远就能看到塔楼顶上有类似地球仪的新奇装饰，显得颇为独特，似乎也很符合人们对一个科幻小说家故居的想象。1871 年，凡尔纳和妻子奥诺琳娜来到亚眠定居。1900 年以前，凡尔纳一家都居住在这栋红砖小楼里。

凡尔纳是位非常勤奋多产的作家。他的小说先是在报纸上连载，然后在出版社出版，这为他带来丰厚的收益。他因此可以订制这些做工精致的新哥特式家具，让一家人过着较为安逸的中产生活。

28 岁那年，在一个朋友的婚礼上，凡尔纳认识了新娘的姐姐奥诺琳娜。凡尔纳被她吸引，很快便娶她为妻。婚后不久，与凡尔纳合作的作曲家兼好友得到两张廉价船票。凡尔纳毫不犹豫地和朋友一起奔赴港口。他们先是去了英国，后来又去了北海、荷兰和丹麦。

凡尔纳回到家，发现自己依然漫游在旅行的记忆中。他对社交和工作逐渐失去了兴趣，经常把自己关在家里奋笔疾书。妻子抱怨说家里到处都是纸，但愿这些纸最后不是用来烧火。但凡尔纳已经不能回头，他执意要当作家，并最终获得了成功。

凡尔纳夫妇经常在家中举办宴会。有一次，他带着突出的假肚子，戴着围裙出现在客人面前。妻子则化妆成客栈老板娘，亲自为大家搅拌大锅里的蔬菜牛肉汤。宾主甚欢。此后，每周三在凡尔纳家举办的沙龙成了亚眠上流社会著名的聚会。

被出版商推动的出版命运

故居中家人的卧室，如今被改成了凡尔纳的出版商赫泽尔的办公室和图书馆。

写小说之初，凡尔纳对自己写的东西没有信心，就拿去给大仲马看。大仲马随即把一位流亡回来的出版家赫泽尔介绍给凡尔纳。赫泽尔曾在第二共和国临时政府担任秘书，拿破仑三世发动政变后，他被流放。回国后赫泽尔专心致力于家庭教育，希望给孩子和他们的父母提供高品质的读物。

赫泽尔一眼看出凡尔纳作品的价值，但也毫不客气地要求凡尔纳反复修改，直到达到他的要求。他向凡尔纳提供了一份合同，要求他每年为出版社提供三部作品，凡尔纳因此可以每月得到一定数额的薪金。生活没有着落、一心想写作的凡尔纳立即接受了。

在赫泽尔近于苛刻的督促下，凡尔纳反复修改自己的第一部长篇，并将之改名为《气球上的五星期》。这是凡尔纳“奇异的漫游”系列的第一部，也开启了他的畅销书生涯。凡尔纳随后几年创作的《地心游记》《海底两万里》《格兰特船长的儿女》至今仍是全世界最受青少年欢迎的读物。

在故居创作小说 30 多部

凡尔纳的书房在小楼的三层，从早 5 点到 11 点，凡尔纳在这块狭小的领地上创作了超过 30 部小说。虽然房间是重新安排的，但写字台上那个地球仪是属于凡尔纳本人的。在凡尔纳的私人图书馆中，收藏了差不多 1.2 万本书，既有荷马、莎士比亚、司各特、爱伦·坡、狄更斯等人的法文译本，也有蒙田、莫泊桑、都德等法国作家的作品。

从 20 世纪初到 21 世纪初凡尔纳的小说共被翻拍成了 200 多部电影。

凡尔纳和妻子感情和睦，亚眠给了他们后半生一个安逸的家。但不幸的是凡尔纳的独子米歇尔出生于他在外旅行期间，长大后和父亲总是不和睦。

除此，凡尔纳在亚眠的生活总体上还是愉快的，他很快便成为当地受尊重的头面人物。凡尔纳连续四次被选举为市议员，并参与亚眠文化设施的管理。由于被任命管理亚眠的集市，凡尔纳便倡议为流浪艺人修建一个固定的演出场所。至今还可以见到以凡尔纳命名的马戏大棚。

（选自《作家文摘》第 2284 期）

太宰治与故乡津轻

青森县北津轻郡金木町是太宰治的故乡。1907年，太宰治出生前两年，父亲津岛源右卫门在此修建了一幢日西合璧、歇山顶式的建筑。这所豪华宅邸，便是太宰治上中学前居住的老家。这幢建筑经历两次转手，取太宰治小说《斜阳》之题，命名为“斜阳馆”，在2004年已被日本政府指定为国家重要文化遗产。

与斜阳馆连在一起的新座敷，建于1922年，是太宰治的大哥津岛文治结婚时修建的。因为相对主屋而言是新建的，所以就有了“新座敷”一名。1945年7月末，二战结束前夕，太宰治带着妻子和儿女从东京疏散到故乡，在这幢新座敷中度过了一年三个月的时光，完成了23部作品。

通往金木町一种重要的交通方式就是津轻铁道，它有着大名鼎鼎的依照时节不同而安排的列车：夏日“风铃列车”、秋日“铃虫列车”、冬日“暖炉列车”。

暖炉列车的运行路线是五所川原——津轻中里，全长20公里。火车一般都有供暖系统，据津轻铁道相关人员介绍，1930年开始运营时，公司用的是柴油机车，没有能够供暖的蒸汽系统，青森县的冬天又非常寒冷。为了让乘客更暖和，公司拆掉了部分座位，将暖炉放在了车上。

到了现在，暖炉列车显然已经过时了，但是津轻铁道到冬天，还是坚持一日发车两班，为的是吸引外来游客。虽然暖炉列车带来的利润与公司的运营成本相比微不足道，但这里因此受到了很多铁道迷关注，也成为青森的标志性旅游产品之一。

五所川原站很破旧，与旁边的 JR 候车室形成鲜明对比。这座小城酒店少，观光资源贫瘠。

太宰治多次在小说中写到过青森，在《津轻》中，他曾写下如下句子：

> 只要这座弘前城依然巍立，大鳄温泉就不会因为吸收了都会的残沥而宿醉难醒。

随后他又立刻反思：认为家乡有一座樱花掩映的天守阁，就如此骄傲，这种想法实在过于肤浅，但我的确以津轻为傲，又不知道该如何表达。

如果连文豪都不知道如何赞美自己的家乡，一般人遇到这种问题，也就不会觉得难堪了吧。对太宰治来说，津轻落后、缺少风情、人民却无端自大，他明白这一点，却拼命想把这里的优点告诉别人。正如津轻铁道的那句宣传语——“故乡在这里”。

（选自《作家文摘》第 2286 期）

海派大画家与沪北小弄堂

◎ 黄沂海

吉庆里、泰来里、宝庆里……在这些貌不惊人的老闸北小弄堂里，曾居住过不少名声赫赫的大画家。

吴昌硕：吉庆里忙挥毫

上海山西北路457弄吉庆里12号，坐落着一幢二层砖木结构的石库门建筑，三上三下三开间两厢房，清水灰砖墙，三角门楣内镶嵌水泥制作的西式山花，黑漆大门上有大铜环拉手。近现代书画艺术发展过渡时期的关键人物，“诗、书、画、印”四绝的一代宗师吴昌硕曾租住在这里15年。

吴昌硕祖籍湖州，时常在上海、苏州之间奔走，未在上海定居，主要担心沪上开销甚大，较难立足。当时，吴昌硕的书画销路并不畅，沪上商界名流、亦为画家的王一亭急公好义，曾悄悄买下他的作品，并竭力向商界、金融界的朋友推荐其书画金石作品。同时，王一亭还力邀吴昌硕移居海上，为他租借了山西北路吉庆里12号。自此，吴昌硕一直居住在吉庆里，直到1927年11月27日逝世，享年84岁。

吴昌硕是“后海派”的代表人物，与虚谷、蒲华、任伯年齐名为“清末海派四杰”，诸如画坛宗师、艺术泰斗等头衔，用在他身上一点都不为过。

王一亭：泰来里忙论艺

1904 年，西泠印社成立，王一亭是出资人之一，他自己的第一本画册亦是西泠印社出版。王一亭对吴昌硕有着知遇之恩。1909 年秋，他从南市毛家弄搬到海宁路 764 弄泰来里，与吴昌硕寓所只隔一条马路，仅百米步程，在此间生活了近 9 年时间。

搬入泰来里的这一年，王一亭投拜吴昌硕门下，亦友亦师，过从甚密，经常向吴昌硕请教。吴昌硕不但为他指点画作，并为他的画作题诗助兴。这个时期，王一亭的画艺亦有较大提高。人物、花鸟、山水俱佳，尤擅长于佛像，自言 50 岁后每日画一佛像，王一亭可称得上是一位“全能画家”。他勤研梁楷、老莲、八大，将任伯年的清新飘逸和吴昌硕的沉雄凝重，融入自己的画作中，千锤百炼，融会贯通，终成自家面目。

虽然在艺术造诣上，王一亭还无法取得吴昌硕、齐白石、黄宾虹那样的地位，但他兼实业家、社会活动家、慈善家、书画家、中外文化交流使者、佛教大居士等多重身份于一身所产生的影响力，却无人企及。

钱君匋：宝庆里忙出版

闸北天潼路 666 弄宝庆里 39 号，曾有一幢二开间砖木结构的石库门建筑。这里诞生过一家知名的出版机构——万叶书店，总经理和总编辑正是“杂家”钱君匋。1938 年，钱君匋在此地创建了中国第一个专业音乐出版社万叶书店。

钱君匋人称“钱封面”，源于当年他曾替许多名作家的书籍设计过封面，诸如茅盾的《蚀》、巴金的《家》《春》以及鲁迅的杂文小说，还为沈雁冰的《小说月刊》、叶圣陶的《妇女杂志》、钱智修的《东方杂志》、周予同的《教育杂志》等刊物作装帧设计，画名之高，一时书刊纷纷以钱氏画书衣为尊。

钱君匋系浙江桐乡人，早年在家乡随孙增禄、徐菊庵习画，后就读上海艺术师范学校，从丰子恺学习西洋画。他集诗、书、画、印于一身，在书籍装帧、音乐创作方面也高视阔步，著有音乐、绘画、印存、散文、诗歌图书30余种，可称头角峥嵘，卓然一“杂家”也。

（选自《作家文摘》第2290期）

青岛道路里的文学史

◎ 王溱

过去，青岛最有名的是中山路。上世纪 90 年代，青岛市委市政府东迁，与之相邻的中山路逐渐失去了往日的喧闹和辉煌。其实青岛有名气也更有韵味的不止中山路。

非同凡响的鱼山路

鱼山路，以山脉命名，源自山东东阿县的鱼山。这座属于泰山余脉的小山，以其形似甲鱼而得名。上世纪三四十年代，鱼山路周边聚集了一批文人学者，一时间引起国内文化知识界的好奇和关注。

鱼山路 33 号小院，梁实秋生活了 4 年，创作并出版了《文艺批评集》，还翻译了《莎士比亚全集》。悠哉幸福的时光，让梁实秋感到非常惬意，他说从北疆到南粤，以青岛为最好。

与梁实秋斜对门，也就是鱼山路 36 号，曾住过丁西林。这位文理皆优的双料才子，写过喜剧《一只马蜂》《等太太归来》等，其本身却是一位造诣很深的物理学家。

鱼山路长不到 900 米，但围绕其周边的每一条路都住过非同凡响的人物，当年名誉天下的国立青岛大学（后改称国立山东大学）也坐落在鱼山路上。

名字“超前”的大学路

与鱼山路交叉的大学路，是一条南北向道路，也是青岛的第一条现代化马路。

大学路这个路名起的很有意思也很“超前”，之前这里根本没有大学。但冥冥中似乎早有布局。路名有了之后不多年，青岛大学就诞生了。

上世纪 30 年代，闻一多在这条路上住过。当时他受聘于国立青岛大学，任文学院院长兼国文系主任。

闻一多发现青岛的山路特别多，走一段便要上坡下坡很是不方便，于是他买了一根精致的手杖，出门就带上。有段时间大学的师生常会看到，三十多岁的教授闻一多总是拄着手杖从驻地踽踽而来，那样子很潇洒也很有意思，一副桀骜不驯、卓尔不群的大师风范。闻一多的雕像现在安放在大学路一侧的红岛路中国海洋大学旧校区里。他身后是爬满青藤的一座小楼，远远相望翠绿映眼，衬托得雕像更加庄重。

祥子“生”在黄县路

大学路再往里延伸一点，便是黄县路。黄县是山东的一个县，历史悠久，是中国最早的县治单位之一。黄县人嘴巴能说会道，生意场上曾被戏称为“黄县嘴子”。但在青岛，这条半里多长的马路却静谧、幽深，显得特别安静。

老舍故居，也被称为“骆驼祥子博物馆”，位于黄县路 12 号。这是幢二层楼房，坐北朝南。上世纪 30 年代中期，老舍在国立山东大学中文系任教期间曾在一楼居住，并创作了著名的长篇小说《骆驼祥子》和中篇小说《文博士》等作品。当年老舍经常到黄县路南头的菜市场去找“洋车夫”拉呱（青岛话，聊天的意思），了解他们生活和工作的情况，以充实自己的创作。

黄县路上还住过台静农、赵太侔、杨振声。杨振声当年任国立青岛大学的校长，赵太侔任教务长，后来接替杨振声担任了校长。台静农在黄县路居住期间经常约老舍先生到一家酒馆喝酒，那是青岛周边县里出的一种“老酒”，台静农晚年还常提起。

沈从文的创作福地

从鱼山路朝东下坡，很快就会走到福山路。福山路地势高，大海就在不远处，位置绝佳，这里也就成了达官贵人的青睐之地。

洪深曾住过福山路 1 号。1934 年，他来青岛任国立山东大学外文系主任时，就住在这所欧式小楼里。洪深爱好戏剧和电影，他在福山路居住时，家里经常热闹非凡，来找他的大都是话剧团的学生和当地的戏剧爱好者。

沈从文曾在国立青岛大学做过中文系讲师，当时就住在福山路上的大学教师宿舍里。这是他创作最丰富的时期，后来回忆这段时光，他称“正是我一生中工作能力最旺盛，文字也比较成熟的时期”，“大约因为先天性的供血不足，一到海边就觉得身心舒适，每天只睡 3 小时，精神特别旺盛”。

在青岛的短短两年间，沈从文完成了传记、散文、小说数十篇，《胡也频传》《从文自传》等都是在这里创作完成的。

在这里他还接待了从上海赶来的巴金，并把宿舍让给巴金。多年后巴金回忆，“沈从文把他那间房子让给我，我可以安静地写文章、写信，也可以无拘无束地在樱花林中散步，我们有话便谈，无话便沉默。”巴金在这里创作了小说《爱》，为《砂丁》写了“序”。

（选自《作家文摘》第 2255 期）

帕斯捷尔纳克故居的风

◎ 刘远航

那双靴子还放在门口，外套和帽子安静地搭在衣帽架上，像是刚刚出了一趟远门。故居的主人是苏联作家帕斯捷尔纳克。他在这里写下小说《日瓦戈医生》，翻译莎士比亚和《浮士德》，写诗。也是在这里，他听到朋友捎来的消息，得知自己获得了诺贝尔文学奖。在聚会上，他举杯向在场的亲友道谢。

现在，那支空酒杯还在桌上放着。阳光充足，桌子和窗框全都闪着光，几十扇窗玻璃上贴满了帕斯捷尔纳克写过的诗句。

《日瓦戈医生》1958 年获诺贝尔文学奖后，帕斯捷尔纳克受到很大压力，不得不选择拒绝。他身心交瘁，两年后孤独地在这所别墅中去世。1990 年，这所别墅被改造成帕斯捷尔纳克故居博物馆。

从屋子里往外看，白桦和松树像是密布的船帆，高耸入云。身处这座红白相间的房屋，仿佛站在一艘仍在行驶的船上。一位白发苍苍的老人缓步经过，夹着一个红色笔记本。两个少女架好画板，对着这所房子开始写生。

1934 年，苏联作协领导人高尔基建议，专门划出一片区域，建造作家村。很快，在这个叫作别列杰尔基诺的地方，盖起了数十座木质别墅。

如日中天时，这里的居民几乎占据了苏联文坛的大半壁江山。如苏联作协书记西蒙诺夫，又如爱伦堡。许多悲欢往事也曾在这里上演。1939 年，《红色轻骑兵》作者巴别尔从这里被带走枪决。1956 年，《青年近卫军》作者法捷耶夫在这里饮弹自杀。

现在，作家村仍然居住着很多作家和评论家，只不过，苏联解体以来，文学的地位变得边缘，商业的气息越来越浓厚。抬头望去，周围是鳞次栉比的高楼，和新盖的私人别墅。帕斯捷尔纳克院子对面曾是一座集体农庄，苏联解体后被一位富豪收购。2005 年，这里建起了造型精美的切尔尼戈夫圣伊戈尔大教堂。

当时，东正教大牧首阿列克谢二世来到新别列杰尔基诺地区居住，成为这里最著名的人物。他去世的时候，普京和梅德韦杰夫等政要都参加了葬礼。

社会的巨变也影响着作家村的状况。72 岁的老诗人库伯拉诺夫斯基，上世纪 80 年代流亡海外，1990 年回到俄罗斯，在文学基金会的安排下住进了别列杰尔基诺，和另一位作家共同享有一座别墅的居住权。房子跟帕斯捷尔纳克故居挨着。整个上世纪 90 年代，他都住在那里。那是一个有些动荡的时期，作家村周围的土地和房屋也受到了黑社会的侵扰。

如今，文学在俄罗斯的状况已有所好转。在见证了苏俄文学悲欢的作家村，那吹拂过帕斯捷尔纳克忧郁面容的风，依然从很远的地方吹来，或轻快或炽热。

（选自《作家文摘》第 2267 期）

海明威的故居与猫

◎ 金悦磊

美国佛罗里达州的基韦斯特岛，是美国的最南端，与古巴相隔仅90英里。在该岛的主干道白头街上，有一栋西班牙风格的白色两层小楼，这里曾经的主人有一个极为响亮的名字——海明威。

海明威故居整体风格清新淡雅，庭院里绿树成荫。1927年，海明威离开巴黎，携第二任妻子波林搬到了这里。波林的叔叔以8000美元的价格买下了这栋白房子，送给这对夫妇作为结婚礼物。海明威与波林曾在这里住了近10年，其间他们的两个孩子在这里出生，海明威大部分的传世作品也在这里诞生。

故居客厅里有沙发、摇椅和书柜，最吸引人眼球的要数那些挂在墙上的“战利品”——海鱼、牛、鹿等各种动物头骨标本，表明主人生前喜欢钓鱼和狩猎。

沿着楼房正面的台阶拾级而上，便来到了主人的写作间。海明威用过的皇家牌打字机仍然摆放在桌子上。他通常早上6点醒来，在写作间里一直工作到中午。

海明威是个“猫奴”。故居的一大看点就是随处可见的猫，白色、黑色、棕色、杂色。它们可以自由地跑来跑去，悠闲地享受着时光。据讲解员介绍，这些猫大多是“名人后代”，每只都拥有一个响当当的名字。“这只猫名叫肯尼迪。”讲解员指着院子里一只正趴着闭目养神的杂色花猫。

海明威外出归来，靠在住所的沙发上，猫会悄悄跳入他的怀里，他一边轻轻抚摸心爱的猫，一边看书、思考。在故居主卧室的床上，“躺着”一只著名的“雕塑猫”，其原型便是海明威家中的第一只猫“白雪公主”。据讲解员介绍，这只小六趾猫，是海明威当年在基韦斯特岛酒吧认识的一位船长送给他的。如今，故居里的猫，都是“白雪公主”的后代。

故居的主人早已不在人世，六趾猫作为海明威家中一支独特的后裔却绵延至今，盘踞在故居的各个角落。

时光倒流到上世纪30年代。这位文坛硬汉在这座美丽的小岛上过着相对平静、简单的生活。除了早上在家写作，海明威的大部分时间都在驾船出海钓鱼，或在酒吧喝酒聊天。故居正对面有一座灯塔博物馆。每晚从钟爱的邋遢乔酒吧喝得醉醺醺的海明威，正是靠着这座灯塔找到回家的路。

基韦斯特岛给海明威的文学创作带来了灵感，《老人与海》中渔夫形象的原型，就来自他在当地结识的两名古巴船员。此外，海明威还热衷观看岛上的拳击比赛，这也是大萧条时期岛民们为数不多的消遣。

上世纪30年代末，已经与玛莎交往的海明威决定离开波林。1939年年底，海明威离开基韦斯特岛，前往对岸的古巴。他在移居哈瓦那之后，还曾多次回到基韦斯特岛小住。而他最后一次回该岛，是在1960年——他离世的前一年。

如今，每年7月21日，这里会庆祝“海明威日”，邋遢乔酒吧会举行海明威模仿比赛，作家在《太阳照常升起》中描写过的西班牙奔牛节，也会在当天上演。

（选自《作家文摘》第2199期）

“巴赫之城”莱比锡

◎ 青木

德国东部城市莱比锡在当地古语中意思是“有菩提树的地方”。莱比锡也被称为“巴赫之城”，每年吸引大批来自世界各地的巴赫迷们前来朝圣。这个千年古城分布着23个巴赫景点。

最吸引人的当属巴赫供职27年之久的圣托马斯教堂。在教堂的广场上，矗立着几乎与真人同等比例的巴赫雕像。巴赫手里拿着乐谱，大衣左边的口袋向外翻着，以象征他身无分文的窘迫。在1723年至1750年间，巴赫在圣托马斯教堂长期担任管风琴师兼合唱指挥，他创作的《马太受难曲》等名曲均在这里首演。巴赫的墓地位于教堂内主祭坛前，上面总是摆放着鲜花。

教堂靠近出口的房间里摆放着巴赫时期圣托马斯合唱团乐队的乐器。如今的合唱团由100名11岁至17岁之间的男孩组成，除了修普通的中学课程外，他们每天接受音乐训练，进行排练，并到全球各地巡演。

巴赫的德语名字是小溪的意思。据说当贝多芬第一次听到巴赫的音乐时说：“这哪是小溪啊，明明是大海！”在巴赫博物馆，不仅可以看到有关巴赫的许多遗物，还可以坐在舒适的沙发上，戴上耳机，静静聆听巴赫的音乐。

据称，巴赫的前后两任妻子一共为他生育20个孩子。在莱比锡期间，他的第二任妻子就生了12个孩子。故而有人开玩笑说，巴赫的音乐传世之作是伴随着婴儿啼哭之声而诞生的。的确，巴赫的作品超过1000件，包括《约翰受难曲》《B小调弥撒曲》《康塔塔》等，大多是在莱比锡创作的。

为了纪念巴赫给莱比锡的贡献，早在20世纪初期，莱比锡就已经有了以巴赫为名的纪念活动。如今，每年6月中下旬，莱比锡都会举行全球最大的巴赫音乐节。在十几天的节日中，莱比锡要举办100余场形式各样的音乐活动，包括巴赫露天音乐会、巴赫研讨会、巴赫国际音乐大赛得奖选手汇报演出等，遍布全城近30个演出场所。

在莱比锡，巴赫的足迹还有许多。比如，坐落在老城区中心的阿拉伯咖啡树，是欧洲最古老的咖啡馆之一。这家始于1711年的咖啡馆颇受名人欢迎，巴赫、歌德、拿破仑等都曾在这里品尝美味咖啡。

（选自《作家文摘》第2203期）

加那利群岛：三毛回不去的家

◎ 阿饼

最爱的“钻石”岛屿

三毛在 1975 年写的文章《逍遥七岛游》，向全世界华人首次介绍了由七颗“钻石”组成的加那利群岛。这七个火山岛屿如同七胞胎，有着截然不同的性格：特内里费岛面积最大、耶罗岛最小、拉帕尔马岛最绿、富埃特文图拉岛最干燥、拉戈梅拉岛的口哨语言最独特、兰萨罗特岛最像希腊，还有最“复杂”的大加那利岛——从雨林到沙漠，生态环境不可谓不复杂。

七岛之中，三毛与丈夫荷西最爱的当属大加那利岛和拉帕尔马岛。“一群岛上的疯子，在这世外桃源的天涯地角躲着做神仙。有时候，我快乐得总以为是与荷西一同死了，掉到这个没有时空的地方来。”她曾这样描述大加那利岛。而拉帕尔马岛，则是她心目中的“终老的故乡”，她与荷西最终也长眠于这里的圣克鲁兹公墓。

欧洲有一句俗语：“巴黎你只想去一次，可加那利群岛你年年想去。”但对于中国人而言，加那利群岛又是遥远、陌生与神秘的——它虽属于西班牙领土，距离首都马德里的直线距离却是 1700 多公里；它紧挨广阔的撒哈拉沙漠，距离非洲最近的地方只有 95 公里；它是柏拉图意象中的“亚特兰大”，是赫尔克里士寻找金苹果所在地，也是荷马认为的“好人死后往生的天堂”……

在上世纪 70 年代，即便是在经济强盛到号称“亚洲四小龙”之一的台湾地区，也只有像三毛那样“说走就走”“世界那么大，我想去看看”的理想主义者，万水千山走遍，最终落脚在这个大西洋上的孤岛群，成为久久不散的回声。

大加那利岛：家的感情

三毛对大加那利岛是家的感情。即便荷西离世后，她也在这里孀居了两年。因为“这儿有我深爱的海洋，有荒野，有大风，撒哈拉就在对岸，荷西的坟在邻岛，小镇已是熟悉，大城五光十色，家里满满的书籍和盆景，虽是一个人，其实它仍是我的家”(《归》)。

1975 年年底，三毛与荷西搬到大加那利岛定居，住在特尔德小镇男人海滩边的房子。直到 1979 年 3 月搬去邻岛拉帕尔马，这座两层的小房子里有夫妇俩最快乐的时光，短暂又永恒的三年半。她的名篇《温柔的夜》和《哭泣的骆驼》就写作于这一时期。三毛曾经描述的白门红瓦和相思树仍然保持着原来的样子，她的老邻居甘蒂依旧住在隔壁。

特尔德老城留下了三毛太多的足印。她曾溜冰的大广场、买菜的菜市场、借书的图书馆……当地人也并没有忘记她，专门在公园里种了一棵橄榄树苗，来纪念这位传奇的东方女子。

如果说三毛和荷西的凄美爱情给加那利群岛增添了很多浪漫主义气氛，那么哥伦布故居又给这里添上了一抹英雄主义的色彩。15 世纪，哥伦布发现新大陆之旅的第一站和最后一站都在这里。如今，他曾住过的大宅院被改造成哥伦布博物馆。

逛完博物馆，可以在广场边的一家咖啡馆坐下来，闲看不远处的哥伦布雕像；也请留意一下那个繁花盛开的二楼阳台，这是当年西班牙独裁者弗朗哥发表宣言、反攻西班牙大陆的地方。

拉帕尔马岛的“三毛之路”

相比大加那利岛以阳光、沙滩和免税购物吸引游客，拉帕尔马岛的观光资源比较小众，来的一般是天文和徒步爱好者。所以拉帕尔马岛官方希望能以“三毛之路”为契机，吸引中国游客来到这里。

他们在三毛和荷西 1979 年居住过的罗卡玛公寓楼下做了特有的“三毛之路”蓝色标识。公寓管理员也叫荷西，大叔一直记得三毛和荷西这小两口，荷西有辆半电动的自行车，让当时还是毛头小伙的他很是羡慕。荷西去世后，三毛回到台湾，还给管理员寄来了感谢信和邮票。

而在荷西遇难地点巴尔洛文托海滩，拉帕尔马岛政府请来艺术家，专门设计了一座三毛纪念塔。纪念塔的主体是三根细而高的金属管，象征着“三毛”这个笔名；近旁则散置八块鱼鳍形象的石雕——“‘8’是中国的魔法数字”；四周地上的方砖则是用中文和西班牙文写的三毛的诗《橄榄树》。为了更方便中国来的书迷与游客找到这处纪念塔，巴尔洛文托还设置了全西班牙唯一一个中文交通标志。

拉帕尔马岛的其他地方也有一系列非常有意思的活动，其中最不可错过的就是世界上最大、最先进的光学和红外望远镜——加那利大型望远镜。常年黑暗而清朗的星空使拉帕尔马成为世界上进行天文观测最优越的地区之一。

（选自《作家文摘》第 2207 期）

纪伯伦的黎巴嫩山谷

黎巴嫩是一个美丽富饶的国家，这里的人们是爱好和平、崇尚正义、向往美好的民族。享誉世界文坛的大诗人、大艺术家纪伯伦，就是其中一位杰出的代表。他的代表作《先知》，被人们称为“小圣经”，被译成56种文字，发行量超过700万册。

纪伯伦的故乡贝什里，位于黎巴嫩北部临海的圣谷。那里雪松环绕，古树参天，海风送来地中海的涛声，四处散发着山林清新的香气。从贝鲁特坐车到贝什里，一路上群山奇兀，层峦叠嶂。道路两旁，果园、农田、橄榄树、房屋星罗棋布。在山谷的雾霭中，沉睡着一座座宁静的小村庄。纪伯伦就是在这样一个美丽如画的地方，度过了自己的童年时光。

12岁那年，他随母亲侨居美国波士顿。两年后，他回到贝鲁特，进希克迈学校学习阿拉伯语。1903年，纪伯伦重返波士顿。随后，去巴黎艺术学院学习，师从大艺术家罗丹，后来终于实现自己的抱负，修成一名伟大的艺术家。

纪伯伦去世后，他的遗体被运回家乡，安葬在贝什里一处隐僻山坡上荒废的修道院里。这座修道院本来是纪伯伦幻想买下同父母兄妹一家人团聚的地方，如今成了他的墓地和纪念馆。这里收藏有他的大量绘画作品，展厅陈列了一些他生前的日用品和他个人的艺术收藏品。

贝什里是一座宁静的小村庄。这里大部分房屋都是红屋顶、白墙壁，教堂高高耸立，十字架伸得如雪山一样高。小镇中心的教堂前面，是一处不大的空地。空地正前方，一圈铁栅栏将一处普通的石质平房围拢起来，这就是当年纪伯伦的家。门前一尊纪伯伦的青铜头像，掩映在老树绿荫之中。

小镇外几公里的山上，是一片海拔 2000 多公尺的著名雪松林。雪松被当地人称作香柏树，它是黎巴嫩人品格的象征。黎巴嫩国旗的中央图案，便是香柏树。对他们来说，雪松象征着繁荣、坚强和美丽。

古代腓尼基人、巴比伦人、埃及人、亚述人和希伯来人，都把雪松视为神圣的木材。在今天的阿拉伯语中，贝什里的这片雪松仍被称作"神的香柏树"。

古代中东地区许多神庙、宫殿都采用这里的雪松作木材，其中包括 3000 年前建造的耶路撒冷所罗门神殿。

黎巴嫩位于地中海东岸的中心，处在亚、非、欧三洲的交汇处，扼守东西交通要地，国土面积约 1 万平方公里。居住在这里的黎巴嫩人不到 400 万，而流落在世界各地的黎巴嫩人却多达 1200 万。

这片国土曾经是穆斯林同基督徒的战场，后来又出现穆斯林与穆斯林、基督徒与基督徒的内部厮杀。叙利亚、以色列、美国、伊朗等国际势力，也曾先后直接或间接加入进来。如今，贝鲁特的大街上（尤其是贝鲁特东区），随处可见弹痕累累、破烂不堪的楼房，四处一片残垣断墙。

（选自《作家文摘》第 2210 期）

最文学的伦敦

◎ 面面

作家们总会在自己生活的地方汲取文学养料，笔下的故事也可以当作风土人情的展示。比如土耳其作家帕慕克的小说《纯真博物馆》中的伊斯坦布尔，还有被誉为“当代狄更斯”的英国女作家萨拉·沃特斯笔下构成的精彩的伦敦地图。

汉普斯特德荒野公园

汉普斯特德荒野公园位于伦敦北部的卡姆登自治市，历史悠久，是伦敦地理上的最高点。从公园内的山坡上俯瞰，可将伦敦市区景色尽收眼底。除了“伦敦眼”，这里是又一个饱览伦敦美景的佳处。

就是在这里，沃特斯《守夜》里的海伦与凯一起在 1944 年凛冽的冬日看着战时的萧索风景：

> 因为距离远——也因为无数烟囱里飘出的烟在冬日无风的冷空气中凝固，就像水里的网——连废墟和被炸了的没有屋顶的空洞的房子，看起来也有一种模糊的美。

贝斯纳尔格林

贝斯纳尔格林是伦敦东区一块富有活力的少数族裔集聚地，近四成的居民为孟加拉裔。但在 19 世纪，它是伦敦最贫困的贫民窟之一。

《灵契》的开篇，神秘灵媒塞利娜的“降神会”突遭意外，她被怀疑谋杀富太太布林克夫人。被警察反锁房中的少女大为惶恐，直叹宁愿重回贝斯纳尔格林穷困的老家，也不愿留在这个位于富人区的府邸。

其实，在沃特斯的处女作《轻舔丝绒》中，贝斯纳尔格林早已登场，弗洛伦丝搬家之后的地址即“伦敦东区，贝斯纳尔格林区奎尔特街”。

特拉法加广场

莱斯特广场是伦敦中心地带的著名景点之一，广场上的 Odeon 影院是许多大片在英国举办首映式的首选之地，影院对面的花园里矗立的，正是在《轻舔丝绒》中多次提及的“莎士比亚雕像”。

从莱斯特广场出发，沿着查令十字街走，很快就会来到英国国家美术馆与肖像馆所在的特拉法加广场。

美术馆的餐厅是歇脚喝茶的好去处——《房客》中的弗朗西丝出身中产，因为战争家里落得一片潦倒，在城里逛街逛累了，她会去这些顾客盈门的餐厅“只点一壶茶，偷偷拿出自家做的小面包，就茶吃下”。

特拉法加广场的英国国家美术馆门票免费，馆藏丰富，这里有文艺复兴早期意大利画家卡洛·克里韦利的画廊。克里韦利画风张扬，用色鲜艳，细节繁复，洋溢着勃勃生机，叫人不禁诧异《灵契》里的玛格丽特为何会把监狱里遇到苍白消瘦、静默不言的女孩比作克里韦利画笔下的人物。

泰特不列颠美术馆

另一座不容错过的美术馆是泰晤士河畔皮姆利科的泰特不列颠美术馆，泰特不列颠以藏有大量精美的拉斐尔前派画作而远近闻名。这座美术馆的特别之处是，它是建造于米尔班克监狱的原址之上的。

在阴郁可怖的米尔班克监狱旧址上，建造的却是一个珍藏美、赞颂多元化的美好建筑，让人感叹历史演进的不可捉摸。然而，跟随特纳画作的讲解员穿梭在不同厅室，有那么一刻，自己仿佛成了小说主人公，跟在看守后面行走，仿佛依然能听见 19 世纪这片土地上看守走路的剐蹭声、他们腰间钥匙碰撞的铮铮作响。

美术馆正对泰晤士河，河对岸就是英国的军情六处（MI6），这座建筑在大量的影视作品中都有现身，比如电影《夜班经理》中，就能看到这座情报大楼的身影。

圣保罗大教堂

由克里斯托弗·莱恩爵士在 1666 年伦敦大火后重建的教

堂已是伦敦，乃至英国的象征。

在《守夜》中，茱莉娅告诉海伦，圣保罗大教堂之所以能在“二战”中屹立不倒，离不开那些默默无闻的“守夜人”。两次世界大战中，都会有志愿者承担“守夜人”的角色，他们在教堂的各处观察是否有炸弹、炮火引起的火星，一旦发现，立刻与消防队联系，在很大程度上避免了圣保罗大教堂遭到严重损毁的危险。

南伦敦

“对我来说，南伦敦是‘真正的伦敦’，因为这里要更接地气。有许多的住宅区，藏着许多的故事。”自2000年后，沃特斯便移居泰晤士河南岸。

南伦敦的热门景点比泰晤士河以北的的确要少很多，但在沃特斯的书里，许多个南伦敦的街区来到了舞台中央：《指匠》贼窝所在的兰特街，《灵契》里那看得见水晶宫的布林克太太西德纳姆的宅邸，《房客》弗朗西丝母女的家所在的冠军山、弗朗西丝与莉莲进行野餐的罗斯金公园，《守夜》开篇凯住的拉文德山，等等。让人不禁要把伦敦地图拿出来，想要把人物行走的路线画出来。

（选自《作家文摘》第2220期）

见证历史的酒店

◎ 潘晓彤

萨沃伊酒店：莫奈的“画室”

1899 年的秋天，法国印象派画家莫奈在伦敦市中心的萨沃伊酒店住下，开始了他在英国的创作之旅。莫奈在这家 1889 年开业的酒店六楼租了两间房，并把其中一间的所有家具都清空，用作自己的工作室。

或许是窗外汇聚了英伦文化精华的泰晤士河唤醒了莫奈灵感的缪斯，亦或许是酒店贴心周到的服务让莫奈完全沉醉在艺术之中，一系列著名的画作，如《滑铁卢》《查令十字桥》和《议会大厦》都是在酒店中创作的。

后来这两间流淌着艺术气息的房间被合并在一起，变成了如今酒店知名的莫奈套房。

丽兹酒店：香奈儿的长居所

位于法国巴黎旺多姆广场的丽兹酒店建于 1898 年，由瑞士酒店业大亨凯撒·丽兹和法国名厨奥古斯特·埃斯科菲耶联合创办。业内行家和厨艺掌门的双重加持，注定了酒店必将有着传奇而不凡的“路数”。

香奈儿品牌的创始人可可·香奈儿就在丽兹酒店住了 34

年，直至离世。除了香奈儿，奥黛丽·赫本、海明威、肖邦等艺术家都是丽兹酒店的忠实拥趸。丽兹酒店作为奢华的象征，常常出现在著名的小说、戏剧和影视作品里，如海明威的小说《太阳照常升起》、斯科特·菲茨杰拉德的《夜色温柔》、奥黛丽·赫本主演的电影《午后爱情》等都出现了丽兹酒店。

雅典娜神殿酒店：艺术公寓

雅典娜神殿酒店的前身是英国议员亨利·霍普的私人府邸，他收藏了很多绘画大师的作品，并偶尔向公众展出，这使得霍普之家成为欧洲最好的私人艺术收藏馆之一。霍普去世后，他的女婿为了还赌债将宅子卖给了维多利亚时代风靡一时的俱乐部——青年雅典娜俱乐部。

这个俱乐部在当时很受文学、科学和艺术领域的绅士们的青睐，大家常常在这里举行读书沙龙。20 世纪 30 年代，俱乐部解散，这栋建筑被改造成了一座豪华的艺术公寓楼，后又被改造成了如今的酒店。

好莱坞传奇导演斯皮尔伯格曾包下酒店的两个房间，并将其中的一个房间当作工作室，制作出了包括《E.T.》《夺宝奇兵》和《第三类接触》等经典影片。

圆山别墅度假酒店：名流政客“后花园”

圆山别墅度假酒店坐落在牙买加蒙特哥湾西部的半岛上。最初，这个占地四十多公顷的半岛是一个种植园，肥沃的土壤和理想的气候让种植的甘蔗和菠萝甜度很高，广受好评。

自 1953 年开业以来，圆山别墅度假酒店一直是美国不少名流政客的“后花园”，最著名的回头客是美国前总统肯尼迪和他的夫人杰奎琳。肯尼迪夫妇不仅在酒店度蜜月，肯尼迪的就职演讲稿也是在酒店里完成的，他还在酒店的私人游泳池边上反复练习彩排。时至今日，酒店的总统别墅里还保留了很多肯尼迪就职演说时的照片和一些相关物品，让客人们能一睹这位年轻有为却英年早逝的总统风采。

（选自《作家文摘》第 2244 期）

罗马西班牙台阶：济慈最后的居所

◎ 菊子

罗马的西班牙台阶，游人如织，大约都是循着《罗马假日》里安妮公主的行踪而来。公主与记者的浪漫故事毕竟只是虚构，此地其实是英年早逝的英国浪漫派诗人约翰·济慈最后的居所，他在最后的日子里，听着窗外破船喷泉的水声呜咽和行人的喧哗，等待着终将到来的死神。

济慈－雪莱纪念馆正好在西班牙台阶的底端。

1818—1820 年是济慈诗歌创作的鼎盛期，他最脍炙人口的《夜莺颂》《秋颂》等名篇也是在这一时期写成的。济慈给恋人芬妮·布朗写的很多情书，在死后被公之于世，曾经引起很多争议，随着时间的推移和更多资料的佐证，学者们基本公认了芬妮是济慈创作最旺盛时期的爱人和缪斯。

1820 年 9 月，济慈和他的画家朋友约瑟夫·塞文一起从英国前往意大利。其时，济慈的肺结核已经非常严重，他们希望意大利的温暖气候会帮助他恢复健康。不幸的是，济慈以病弱之身，沿途舟车劳顿一个多月，兼之当时英国正爆发霍乱，他们的船只又在港口被迫隔离 10 天，济慈上岸以后已经身心疲惫，无从写作。塞文照料着他，并且记下了他生命最后一段时光的点点滴滴。

纪念馆的几个小房间，一间是济慈最后的卧室，其他几间，摆放着几千本他和雪莱、拜伦等人的作品和传记。书架旁边的架子上摆放着一本现代软皮装《明亮的星》。这本书选录了济慈的诗歌和信件，封面是电影《明亮的星》的男女主角。片中男孩遇见女孩，给女孩写诗，女孩妈妈嫌男孩不会挣钱，只会不务正业地写诗，男孩生病、夭折，女孩悲愤欲绝……这个男孩正是济慈。

电影中最珍贵的片段，就是演员本·卫肖朗诵济慈诗篇的那些段落，尤其是《无情的妖女》和《夜莺颂》。听到《夜莺颂》中的“Tender is the Night”，心中一动，原来菲茨杰拉德的《夜色温柔》的书名就出自这里。济慈、菲茨杰拉德、《夜色温柔》中的男主人公迪克·戴弗，似乎都重叠在一起，向我们讲述着他们生命中的爱恨情仇。

电影《明亮的星》是根据安德鲁·莫辛的济慈传记改写而来。济慈的忠实朋友塞文的信件，详细记录了济慈在意大利度过的生命中最后的时刻。1821年2月23日天色将晚时，济慈突然动了一下，抓住塞文的手请求：“扶我起来——我要死了——我会走得很轻松——不要怕——感谢上帝，死神终于来了。”塞文握着他的手，直到天完全黑尽，屋子里点上了蜡烛。塞文打了个盹，晚上11点钟时突然惊醒，再看时，济慈已经停止了呼吸。

济慈去世的消息传到芬妮那里之后，镜头闪过，她在雪地中漫步，朗诵济慈写给她的诗，也就是与电影同名的《明亮的星》。

莫辛也记录了济慈去世之后的经过，年轻诗人英年早逝，本已经令人心碎，而在纪念馆实地看来，更加触目惊心。济慈卧床时，他生病的消息已经传到警察那里，他们随时在等候着他的死讯，他一咽气，就把他用过的所有用具和家具全部焚烧；而且，塞文还必须向房东支付所有烧掉的家具用品的费用。

塞文心力交瘁，济慈的另外一位朋友、一直照顾他的克拉克医生为他处理后事。克拉克为济慈做了一只死亡面具。而且，按照当时的规定，因为济慈不是天主教徒，他只能在夜间埋葬在城外的非天主教墓地。克拉克争取了一下，得到许可让济慈可以白天安葬，于是，1821 年 2 月 26 日，济慈的棺椁穿过黎明前的罗马街道，于日出之前就到达了罗马城外的新教墓地。

济慈死后，雪莱为他写了悼亡诗《阿多尼》，从此，浪漫天才诗人英年早逝，就成为济慈生命的故事。同样不幸的是，雪莱本人也于 1822 年 7 月在意大利海滨遭遇海难去世，死时年仅 29 岁。三位浪漫主义诗人中，只有拜伦活得最长，而他于 1824 年 4 月 19 日去世时，也不过 36 岁。三位诗人加起来，只活了 90 岁。

（选自《作家文摘》第 2101 期）

略萨的家——阿雷基帕

◎ 陈河

秘鲁著名作家略萨2010年获得诺贝尔文学奖，秘鲁第二大城市阿雷基帕是他的故乡。

略萨图书馆与冰山少女

阿雷基帕位于5825米高的埃尔米蒂斯和6075米高的查查尼峰火山的影子下面，是一座用火山石头建造的城市，号称白色的城市，城里有一个著名的圣·卡特琳娜修道院和圣殿白色大教堂，还有在6228米高的安帕托峰顶上找到的少女木乃伊博物馆。这个城市完全是西班牙风格，几乎看不到古印加帝国的痕迹。

在市中心武器广场上，找到了略萨图书馆，但遗憾的是图书馆的大门紧闭，浅蓝色的墙上挂着的略萨图书馆牌子证明了略萨的存在。

在距离略萨图书馆不到200米的冰山少女博物馆，少女胡安妮塔的冰冻尸体现在就安睡在这里。

关于冰山少女木乃伊的发现有个很魔幻的故事。说的是上世纪90年代初，俯瞰着阿雷基帕城的两座火山中的一座突然冒出了白烟，接着开始喷出了火山灰，火山灰随着北方的风没有落到城市里，而是落到了它后边那一座6228米高的安帕托山峰上。之后，火山又恢复了平静，沉睡了下去。而这个时候，山那边的放牧驼羊的山民看到了被喷了火山灰之后的雪山山顶融化了一部分，还看到山上现出一条小径的痕迹。

消息传到美国籍的考古学者雷哈德耳朵里，他认为这一条从山顶通下来的小径十分蹊跷，可能是古印加国人的通道。他组织了一支考古队，登上了6000多米的山峰去看个究竟。上去之后很快就发现了500多年前的一批少女活人祭祀的木乃伊墓穴。她们刚从冰雪里被火山灰融出，个个像睡着一样美丽。这些美丽的少女，都是从千百公里之外的库斯科过来的，都是大贵族家的子弟，经筛选出来自愿祭献给最高的太阳神的。

略萨故居纪念馆里的故事

费了一番周折，在建筑简陋的帕拉大街找到了略萨故居纪念馆。它不是一个庄园，只是临街的一个房子，像是商铺一样，外墙是浅蓝色的。这个纪念馆已经不像个故居，而是个展览馆，是按照略萨从出生到获得诺贝尔文学奖的历程展示的。

我后来读了略萨的回忆录《水中鱼》，基本明白了这里所看到的内容。略萨1936年出生在这个屋子里。他的母亲娘家是个望族，西班牙后裔，外公当过秘鲁的大官。父亲也是一个西班牙后裔，纯白人，是个无线电报务员。在略萨出生之后，父亲就扔下妻儿出走，不知去向。外公带他和他母亲到了玻利维亚，以免在这个城市蒙羞。

大概是11岁的时候，略萨见到了父亲，第一眼的对视父子就显出敌对情绪。父亲后来一直对他有暴力行为，在他和胡利娅姨妈同居之后，父亲甚至带着手枪要取他性命。父亲认为略萨被母亲家族教养得缺乏男性气概，在他 14 岁时就送他进了军事学校。这段经历对略萨很有好处，让他早早接触到了严酷的社会，还早早开始了花天酒地，经常跑出去到一个叫“绿房子”的妓院和妓女厮混。这些事情帮他后来写成了《城市与狗》和《绿房子》。

略萨和哥伦比亚出生的马尔克斯一样，学生时期就梦想着当职业作家，但是在他们这样的小国家，靠写小说挣的稿费是根本不够生存的。

所以他们都早早加入新闻行业当记者，为生存挣钱，这样就早早接触了社会和政治。所以我们看到，拉美国家作家总是和政治贴得特别近。

少一个总统竞选者，多一个诺奖得主

略萨在自传里写到自己曾迷醉于马列主义和毛泽东的书，很年轻的时候就参加了政党，经常在中国人的饭馆里讨论革命问题。他喜欢萨特的思想，人们给他外号“勇敢的小萨特”。

但是，他的最终理想是当作家，而且知道，要成为大作家，必须到欧洲去。他在一次小说比赛中获奖，初次去了巴黎，并认定了这条路。

1989 年，马尔克斯靠着《百年孤独》一书已经拿到了诺贝尔文学奖，而略萨虽然已经拿了不少的文学大奖，却还和诺奖无缘。而这个时候，他开始玩了一把大的游戏，在他出生的城市阿雷基帕宣布参加总统竞选。

他长着一副政治家的身材，比好莱坞出身的里根还要帅。如日中天的文学名声，多年在欧美的经验，使得他很快成为最热门的候选人。这个时候，略萨已经不再是当年狂热的左派，而是准备用亚洲四小龙的腾飞经验来拯救秘鲁。

1990 年 6 月，秘鲁经过两轮投票选出了新总统。略萨只得到 23% 的票，败选了。

事实上，略萨在选举之后的第二天就飞到了巴黎。政坛的失利变成了文坛的大好运势，此后的几年他频频获奖，拿到手软，有意大利西西里文学奖、西班牙行星文学奖、塞万提斯文学奖等等。2010 年，他终于水到渠成获得了诺贝尔文学奖。

（选自《作家文摘》第 2104 期）

劳伦斯的心灵故乡

◎ 黑马

心灵的故乡，这是劳伦斯浪迹天涯后，对故乡发出的爱恨交织的肺腑之言。

从诺丁汉开往伊斯特伍德的 1 路公共汽车是用劳伦斯的著名小说《虹》命名的，“彩虹 1 路车”在霏霏细雨中翻山越岭，走过一座座娇小的英国集镇。这条路就是当年通向诺丁汉的有轨电车车道，那时坐电车上趟诺丁汉要叮叮当当走上一个多小时。这里的古屋保存得完好无缺，依旧是百年前的模样。

离小镇几英里开始，大路边就出现了路牌——劳伦斯故乡，到处是劳伦斯小说中原型的解说牌。这个曾经极力排斥甚至仇视劳伦斯的小镇，如今不仅原谅了劳伦斯当年的偏激，甚至早就开始将劳伦斯引以为自豪了。劳伦斯目光炯炯的头像旗帜在小镇上空迎风招展，向世人宣告着，这是一个天才的故乡。

镇上劳伦斯住过的五处旧居风貌如故，其出生的房子已经开辟为劳伦斯诞辰纪念馆，这里保存了劳伦斯家的生活实景，更是那个时代矿工之家生活方式的再现。三处仍住着居民，一处变成了小旅舍，里面一楼客厅里陈列着劳伦斯少年时代的用品和全家福照片招徕游客。

他与德国女人私奔前断情的未婚妻露易・布罗斯家的村舍在伊斯特伍德几英里开外，是小说《虹》的原型，同名电影在那里拍摄。那房子连带那个村庄和附近的运河都被列入“劳伦斯故乡”的版图成为观光胜地。

青少年时代的劳伦斯面对工业化（主要是煤矿业）糟践了的青山绿水，面对为养家糊口而下井挖煤从而沦落为肮脏丑陋的贱民的父老乡亲，面对家乡小镇的寒碜和小镇人的愚昧下作，他对故乡充满了悲悯和厌恶。

只有远离矿区的乡村还保存着农业英国的秀美与纯真，劳伦斯在乡村里度过了不少美好的时光，和乡民们一起收获干草，干庄稼活儿，尽情地享受大自然的恩赐——清澈的溪水、纯净的天空、庄稼的醇香和农民的质朴感情。他曾感叹：“在我眼中，它过去是、现在依然是美丽至极的山乡。”

这一带就是劳伦斯借以逃离工业文明初期丑陋卑贱小镇的一处世外桃源，他满怀深情地称之为“我心灵的故乡”。他的作品为他赢得了“了解英国乡村和英国土地之美的最后一位作家”的盛誉。

劳伦斯就在这种美与丑的鲜明对比中长大成人，带着以故乡生活为背景写下的文学作品，走出了故乡，以一个矿工儿子的身份，以质朴纯良血气方刚又略带寒酸的文学天才面目出现在伦敦的文学沙龙里。

他以伊斯特伍德——诺丁汉一带城乡为背景写下了一系列文学作品，从小处着眼触及到了一个特定时代的本质并像预言家一样触及到了未来人性共通的问题，仅《虹》《恋爱中的女人》《儿子与情人》《白孔雀》和《查泰莱夫人的情人》这 5 本小说就足以称得上气势恢宏，是他对这一带城乡人民生活和心灵的熨帖入微的记录。

故乡为劳伦斯的创作提供了得天独厚的创作原料，在这里他经历了美好的初恋，与两个女人有染，与一个女人订了婚，但最终还是被一个德国的有夫之妇吸引了去。

这26年与故乡血肉相连的生活是他丰沛的创作源泉，以后的日子里，无论是在伦敦和康沃尔偃蹇，还是浪迹澳洲和美洲，他似乎在更多的时间里反思这26年生活对自己的意义，最初通过文学作品挖掘和表现这种意义，最终导致更高层次上的复归——通过那5部长篇代表作和一系列中短篇和戏剧，还有部分散文和诗歌。

故乡，它特有的节奏锁定在了劳伦斯的心律中，驱使着他不得不把心目永久地投向它，在《儿子与情人》中，它是贝斯特伍德，在《白孔雀》中它是伊伯维契，在《亚伦的神杖》中它是贝多弗，在《迷途女人》中它是伍德豪斯，在《虹》和《恋爱中的女人》里它和附近的山村分别是贝多弗和威利·格林，在《查泰莱夫人的情人》中它是特瓦萧。

（选自《作家文摘》第2108期）

艾米莉·狄更生的故居和长眠之地

◎ 杜先菊

阿默斯特是艾米莉·狄更生的故居和长眠之地。

阿默斯特在美国马萨诸塞州西部，这里有著名的文理学院阿默斯特学院，艾米莉的祖父是这个学院的创始人之一，她的父亲和兄长都是学院校董。艾米莉故居往市中心方向有一座简单的雕塑，两位诗人穿越时空，对坐吟诗，一位是艾米莉（1830—1886），另一位是罗伯特·弗罗斯特（1874—1963）。艾米莉去世时，弗罗斯特刚刚12岁，所以二人生前并无交集。艾米莉除了出门上学以外，一生都住在阿默斯特，而长寿的弗罗斯特则三次在阿默斯特学院任教，也成为这座文化小城的骄傲。

镇上的公共图书馆中有弗罗斯特和狄更生特别收藏，两位诗人的一些照片、书籍、诗稿原件或影印件存放在这里。

艾米莉的卧室是个二楼朝南的房间，通透、亮丽，秋阳照进来十分暖和；墙上贴着的壁纸，是白底绿叶和粉红的玫瑰花，令人身心愉悦，全无电影里那种晦暗阴沉的气息。这样的壁纸并非随机选择，而是有历史依据的。艾米莉房间里的壁纸保留下来了一块，负责保护诗人故居的基金会按照这个样本，重新复制了壁纸，装饰了整个房间。

房间里的陈设简单、优雅，唯一独特的是，在房间中央摆设了一件白色长裙，这件白裙十分简约、轻便，不同于当时流行的累赘繁复的女装风格。传说艾米莉年长后只穿白衣白裙，黑夜时在花园中独自游荡。这个传说流传起来有几个原因，一是艾米莉唯一幸存的这件衣服是白色的，二是艾米莉 1870 年难得地会见一位来访人时，正好穿的就是白裙，三是她过世时穿的也是白裙。其实，传播这个传说的阿默斯特人，并没有亲眼见过她穿白裙，艾米莉本人也没有留下文字说自己只喜欢白色衣服。

有意思的是，艾米莉的书桌很小，比一只寻常的床头柜还小，原来她就是在这张小桌前，就着汽灯或者煤油灯，写下那些不朽的诗句，写给亲友们无数信件，信件中还往往夹着她从花园里采摘的花朵。

艾米莉热爱花卉，她的诗歌中写过几百种花卉。她把花园中采摘的花束送给朋友，在阿默斯特学院选修植物学，平时也在院子里的花园里种花，冬天时，她还让父亲为她在书房外面的阳台上建了一座暖房。

天冷时，她把通往暖房的门打开，让花卉们也能够享受到壁炉的温暖。在天寒地冻的新英格兰地区，这是一般家庭享受不到的奢侈。艾米莉不仅仅是个怪癖孤独的才女，她还是一个富家女，有怪癖孤独的特权。

关于艾米莉的种种，很多都是神话和传说，而不一定是事实；艾米莉为什么这样写诗，为什么离群索居、终身不嫁、行为怪异，我们永远也不会知道真实原委。

狄更生家的主建筑“家园”旁边，就是她父亲为她哥哥贾斯汀盖的房子“常青园”。房子不大，外面看也很普通，但她的嫂子苏珊却也花费了一番心思装饰它，并且在家里招待一些名流人士。

爱默生曾经六次来阿默斯特演讲，1857 年那次还在常青园里住过一夜。这次演讲之后，艾米莉给嫂子写信说：“他一定是来自梦想诞生的地方！”

不过，我们无法知道艾米莉是不是参加了演讲或是见过爱默生本人，因为此时她已经极少参加公共讨论或聚会。平日来哥哥家，也不是从正门或后门进来，而是从书房旁边的偏门进来。

艾米莉的墓地离她家不远。美国普通小镇，一般教堂旁边就是墓地，而且地点也常常是在镇中心。墓园的墓碑之间，是半人深的长草，深秋时节，已经转成了饱满的金黄和深紫色，远远看去，丝毫没有恐怖或衰败的感觉，倒是透出一种氤氲的生机和仙气。艾米莉并不是孤苦伶仃的孤女，她生前有父母兄妹和仆人的陪伴，死后也安葬在亲人之间。

狄更生的文字，越过了时空，越过了语言障碍，把我们从世界的另一个角落，从日常的繁杂琐碎里，带到了这里。她活着时写了无数关于生与死的诗篇，而她，则在自己的文字中获得了永生——

如果我能让一颗心不再破碎，
我就没有虚度此生；
如果我能让一条生命不再痛苦，
或者减轻一种痛楚，
或者帮助一只昏迷的知更鸟

重新回到它的窝巢，
我就没有虚度此生。

（选自《作家文摘》第 2109 期）

诺贝尔的蓝厅

◎ 章夫

世界上有许多个蓝厅，尤以留下众多诺贝尔奖得主身影的蓝厅的气质独一无二。

12 月 10 日是诺贝尔的忌日，每年的这一天，是蓝厅最风光的一天。诺贝尔奖金颁发后，瑞典国王和王后要在这里为诺贝尔奖获得者举行隆重盛大的宴会。

市政厅蕴含的气质

瑞典首都斯德哥尔摩的地理位置十分有趣，它地处波罗的海西岸，梅拉伦湖入海处。更有趣的还在于一个现代化大都市，零星地分布在 14 座岛屿和一个半岛上，由 70 多座桥梁将那些岛屿连为一体，因之也有“北方威尼斯”之誉。

市政厅是欧洲的一大特色，北欧国家的市政厅都很漂亮，斯德哥尔摩市政厅尤其如此。远远望去，最为伟岸的建筑，无疑是 106 米高的钟楼。钟楼顶上，金色的三王冠在太阳的映照下熠熠生辉，光彩夺目。

这三个镀金皇冠可不是一般的装饰品，它代表着瑞典、丹麦和挪威三国合作的亲密无间，它还是卡尔马联盟的纪念物。

1397 年 6 月 17 日，丹麦、瑞典和挪威三国在瑞典南部距离丹麦边境很近的卡尔马城的一个堡垒内举行会议，并签订

《卡尔马条约》。条约约定三个王国共同拥戴同一位君主，建立联盟。这个联盟，就被称为“卡尔马联盟”。该联盟持续到1523年，共历时126年。

蓝厅的浪漫细节

斯德哥尔摩市政厅是向所有人开放的，所以一楼大厅蓝厅也不例外。

进入蓝厅之前，须先经过旁边的一个厅，可以醒目地看到墙的高处有一个小伙子的雕塑头像，因为没有任何介绍，所以很容易忽略。其实，这个十分“不起眼”的雕塑，还有一个十分温馨的故事。蓝厅落成之际，人们都认为，有必要为那些普通的建筑者留下一个纪念符号，最后讨论决定，选取两个市政厅的普通劳动者为模特，将其塑像与建筑融为一体。

这种对普通人的尊重和对生命的关爱，还体现在诺贝尔奖的颁奖仪式上。蓝厅只能容纳1300人出席宴会，为此每个人座位的宽度限制在60厘米。颁奖晚宴上，最风光的是为人类进步、和平与科技发展做出贡献的学者和科学家。

令人意外的是，人们所企盼的蓝厅，其颜色却并不是蓝色，而是砖红色。设计者奥斯特伯格原计划在红砖墙外铺上蓝色的马赛克——那是瑞典国旗的颜色。夕阳映照下的一天下午，他发现阳光下的红砖呈现出无与伦比的精美之时，深深为之打动，浪漫的他立刻放弃先前的设计。

蓝厅通往二楼的台阶，被奥斯特伯格命名为爱莎台阶，是专为出席诺贝尔奖颁奖宴会时，穿长裙的女士设计的（楼上就是舞厅“金厅”)。爱莎台阶就是以奥斯特伯格夫人的名字命名的。

设计时，奥斯特伯格让爱莎夫人穿各种长裙，反复实验上下楼梯，最后计算出楼梯台阶的高度、长度和坡度。不要看这个小小的设计，它能让女士们穿着晚礼服和高跟鞋，以优雅的姿态缓缓地走下台阶来参加晚宴。

不过奥斯特伯格没有想到的是，这颇费心思的台阶，后来成为诺贝尔颁奖晚宴上乐队的临时舞台。

蓝厅只是一个引子

蓝厅的名气缘于诺贝尔奖晚宴。每年12月10日诺贝尔奖的生理学或医学、物理、化学、文学、经济学5个奖项在瑞典颁奖后，会有1300多人云集于此，这场被称为“世界最拥挤的晚宴”在这里盛大举行。

正当蓝厅的盛宴热闹非凡之际，斯德哥尔摩市政厅的地下餐厅里，也有一个热闹的聚会，那是诺贝尔家族一年一度相聚的地方。每次都是50个人，先在一个小房间喝酒，然后到一个大房间吃晚餐。

诺贝尔颁奖晚宴进行到晚上10点半的时候，贵宾们将移步到二楼的金色大厅，这里是他们到此一展舞姿的地方。

金色大厅果真是名副其实，那些金碧辉煌是由近2000万块金箔与彩色玻璃混合的马赛克镶嵌而成的。大厅的正面，是一巨幅壁画，壁画正中是一位女神——一手持权杖，另一手托皇冠，这便是梅拉伦女神。她是斯德哥尔摩的守护神。

两个钟头的舞会结束后，意犹未尽的人们还会去斯德哥尔摩的四所大学，那里有后半场聚会。

可以理解，在这个特殊的日子里，那些为理想和事业奋斗终身的人们，有足够的理由狂欢。

（选自《作家文摘》第 2112 期）

文学中的威尼斯

◎ 马海甸

威尼斯可能是最多诗人吟咏的城市。拜伦在《恰尔德·哈洛尔德游记》中的两句咏叹息桥的诗是大家熟知的：

> 一边是宫殿，另一边是囹圄，我站在威尼斯的叹息桥上。

叹息桥在威尼斯圣马可广场附近，乍看去，与其说是桥，不如说是一间横亘于河上的密封的房子。据记载，它建于1603年，距今已有400余年的历史。桥的两端连着威尼斯共和国总督府（史称都卡雷宫）和威尼斯监狱，是法院押送死囚的必经之路，死囚自感身世，遂哀声连连，桥亦因以名。

莎士比亚的悲喜剧《威尼斯商人》是最负盛名的以威尼斯为背景的文学作品。剧中的法院论辩揭示出这一商业城邦的法治雏形，应该说是16世纪威尼斯共和国最大的特点，也是莎翁慧眼独具之所在。剧中偶尔出现的“贡多拉”，以及钱币和官衔的名称，无非是点缀而已。

德国作家托马斯·曼的中篇小说《死于威尼斯》，在文学作品的知名度上也许仅次于《威尼斯商人》。这篇小说讲述的是德国作家前往威尼斯度假，他恋上一个少年，又因为某种机缘滞留威尼斯，染上霍乱，死于当地。托马斯·曼用主人公的死亡来提醒所有的艺术家：无论走向哪个极端都将遭遇致命的危险。该小说被翻译成为各种语言，并且被翻拍成电影《魂断威尼斯》。

如果说《死于威尼斯》不乏唯美色彩的话，那么19世纪末俄国唯美派诗人费特咏威尼斯的诗作就是一首完全排除了心机的纯诗。在费特的短诗《威尼斯之夜》有如下的句子：

> 月色光灿灿地照耀着，它洒满了大理石板；圣马可的狮子在打盹，海的女皇睡得正酣。

诗中全无褒贬，只有客观的白描，大理石板、圣马可广场的狮子、海上女皇，都是威尼斯的标志或代指。

20世纪俄罗斯诗人阿赫玛托娃写于1912年的诗作《威尼斯》则有这样的句子：

> 微波暖和而慷慨地发绿，金色的鸽巢建筑在水滨；带着盐味的微风在抿没黑划子掀起的狭窄波痕。

从苦寒和广袤无际的俄罗斯来到暖和而略显逼仄的威尼斯，俄国诗人的感受与别国诗人肯定不一样。

除海滨行人区较宽敞外，威尼斯城内尽是弯弯曲曲的小巷，《威尼斯》有句“这个地方狭窄而不拥挤”。

与威尼斯隔海相望的圣米凯莱岛，是威尼斯的市政公墓，但葬身其间的著名文化人不知凡几，美国诗人庞斯、俄国作曲家斯特拉文斯基长眠于此，俄国流亡诗人布罗茨基的遗骸也遵嘱千里迢迢地从北美迁葬此地。布罗茨基生前曾多次到过威尼斯，不知他是爱上了这个海岛的色彩，还是喜欢聆听拍岸的涛声。

托马斯·曼借《死于威尼斯》主人公的口对威尼斯的评价不尽正面，但诗人歌德在《警句·威尼斯，1790》中的叙述却恰恰相反：

> 就这样，我离开了一切的友人，在海神的城市里消磨时日。我给经历加上了甜美的回忆和希望，这世间最美的调味品。

（选自《作家文摘》第 2128 期）

神话与史诗间的伯罗奔尼撒

◎ 顾功尧

但凡涉及古希腊文化或者历史的书籍，不免会提到伯罗奔尼撒的名字。伯罗奔尼撒半岛遍地古城或是遗址，串联着一个个古希腊神话与史诗。

王者气象迈锡尼

兴盛于克里特岛的米诺斯文明在公元前1500年左右终止之后，继而崛起的正是迈锡尼文明，影响遍及整个半岛乃至希腊大陆。鼎盛时期的迈锡尼，比古典时代的雅典早了八百年之久。

迈锡尼遗址的开放区域，分处于相对而立的两座山包上。海拔更高的那一边是迈锡尼王宫遗址，周边还有些据考证是士兵与工匠的宿舍。而地势较低的另外一边，则由一座保存尚且完整的陵墓占据着主体位置。该陵墓首次发掘是在百余年前，被认定是赫赫有名的迈锡尼统帅阿伽门农的陵墓。

在荷马史诗或者古希腊戏剧中，阿伽门农王的名字一再出现，他率领希腊联军征服小亚细亚的特洛伊、为求胜利用自己的女儿向月亮女神阿尔忒弥斯献祭、根据雅典娜的启示木马屠城、凯旋回到迈锡尼后却被自己的妻子联手情夫杀害于王宫……凡此种种，每一个片断，都充满了浪漫色彩和戏剧冲突，亦真亦幻。

步行向着王宫攀登，长宽皆不止一米的巨石城墙拱卫着宫门，上面雕刻着两只英姿挺拔的雄狮。这是迈锡尼王族与王权的标志。山头空间有限，道路呈“之”字形向上延伸，直至传说中阿伽门农被刺杀的王宫大殿。来到山顶之后，环顾四周，仍能够感到当年称霸希腊数百年的迈锡尼之王者气势。

活着的埃皮扎夫罗斯

从迈锡尼向东三四十公里，便来到了埃皮扎夫罗斯古城。

埃皮扎夫罗斯是一座敬献给希腊神话中的医神阿斯克勒庇俄斯的城市。今天，人们常常能注意到西方国家政府卫生部门，甚至联合国世界卫生组织的标志，居于这些图画中心位置的是一根被长蛇盘绕的手杖，那正是阿斯克勒庇俄斯的随身之物。传说中，他用这条蛇的血液来为人治愈病患。他的名字同样出现在了有关特洛伊战争的史诗中。

可想而知，埃皮扎夫罗斯的废墟中，有不少建筑都曾经与治病或是疗养有关。废墟的一角，可以轻易地辨识出一间间浴室的设置，据说，病人来此求医的办法之一，是躺在大厅的水池边安静地入眠，医神会来到他的梦中指点迷津，告知解除病痛的方法。

古希腊文化中，以戏剧的方式向神明致敬同样必不可少。因此，埃皮扎夫罗斯在今天赖以出名的，是它保留至今、堪称希腊大陆上体量最大的圆形剧场，依着山势，修建在遗址的另外一边，俯瞰全城。走出二战阴影的希腊人，从 1955 年开始，便让这座剧场重新活了起来。

神圣的奥林匹亚

奥林匹亚，靠近伯罗奔尼撒半岛的西端，藏身在一片山谷中。

从博物馆的入口甬道进入废墟范围，小路两边是四方形的摔角学校和训练场。从公元前 776 年，直到公元 394 年，上下 1000 余年的时光中，希腊各地赶来参加古代奥林匹克运动会的青年们，都需要至少提前一个月抵达，在此接受统一的体检和规则的培训。

在废墟的精华区域，亚历山大大帝的父亲——来自马其顿的腓力二世，修建了一座由内外双排立柱支撑起的圆柱形纪念亭，标榜自己的丰功伟绩。这亭子，恰好扼守去往赫拉神庙和宙斯神庙的必经路口。

作为希罗多德认定的古代地中海世界七大奇迹之一，曾经无比辉煌。在今天的神庙废墟里固然已无踪迹可寻，但通过神庙那依旧高出地面几乎一人高的基座，以及那些至少需要双人合抱的一段段立柱残骸，不难设想出两千多年前的鼎盛景象。

而一路之隔的赫拉神庙，虽然看似娇小了许多，但从建筑时代来考证，却要比宙斯神庙早出上百年的历史。蕴含着接续伟大理想的现代奥林匹克运动会，每一届的正式启动，都要由希腊本土扮作古代祭司的女性通过聚焦日光提取圣火。因此，仅剩三根残柱屹立着的赫拉神庙，频频出现在当今世界关于奥运圣火的各种影像资料中，令这遗迹的神圣意义不被时光冲淡。

（选自《作家文摘》第 2168 期）

福克纳的奥克斯福

密西西比的奥克斯福驰名美国，人们称这里是“真正的南方”，是一个“真实与虚拟交织在一起”的地方，偏恋故土的威廉·福克纳一生中的绝大部分时间都在此度过。

依恋故土的“乡下人”

1950 年 5 月，福克纳获得了美国艺术文学院颁发的威廉·迪安·豪威尔斯小说奖，但他拒绝出席在纽约的庆祝仪式。他说：“我在每年的这段日子里都是一个农夫，在自己的庄稼收成前，没有一个密西西比州的农夫有时间或者花钱去任何地方旅游。”几个月后福克纳获得了诺贝尔文学奖，人们劝他去斯德哥尔摩领奖，他的理由仍然是自己是个农夫，“而且路程太远”。

尽管“农夫”的说法可能有自嘲自卫的成分在里面，但福克纳确实一直把自己的身份定位为一个来自密西西比州的乡下人。1897 年，他出生在新奥尔巴尼，5 岁时随家人迁居拉斐特县的首府奥克斯福。小城当时只有不到两千人，却成了福克纳一生中主要的居留地。

福克纳在青年时期经历了一段看起来颇为“吊儿郎当”的生活。19 岁参加升学考试失败；21 岁伪造身份参军，没有参加过第一次世界大战，却在战后谎称负伤；22 岁成为密西西比大学的特殊学员，第二年就辍学了；25 岁回到密西西比大学当邮政所长，却在两年后因常喝酒打牌造成失职被解雇；之后在欧洲游历，终于在 1930 年回到奥克斯福并安定下来。

从此，福克纳真正开始像农夫那样工作和生活：陆续购置了农场、树林和宅子；雇佣了若干黑人当仆役；时常上午写作，下午在农场耕作、照顾牲畜，有时还会在树林里骑马。

约克纳帕塔法位于何处

福克纳一生创作了 19 部长篇和 120 多篇短篇小说，并在题材、构思和写作手法方面形成了独树一帜的风格。1955 年，福克纳在接受采访时说：

> 打从写《沙多里斯》开始，我发现我家乡那块邮票般大小的故土倒也值得一写，恐怕我一辈子也写不完。

福克纳把这块“天地”看作是宇宙的某种基石，尽管很小，但一旦被抽去，宇宙就会坍塌。这块天地便是著名的“约克纳帕塔法县”，意为“河水慢慢流过的平坦土地”。这是一个以奥克斯福为原型而创造的世界，一个福克纳的亲属及乡邻都在其中活动的世界。

在福克纳的作品中，有 15 部长篇和数 10 篇短篇中的故事都发生在约克纳帕塔法县。

约克纳帕塔法位于何处？福克纳曾为这个地方绘制过两次地图。第一次是他 1936 年创作《押沙龙，押沙龙！》时规定：该县位于密西西比州北部的州界线上，与田纳西州交界，约克纳帕塔法河和塔拉哈奇河流经此地。地图的格局与奥克斯福十分相似。

1946 年，福克纳重新绘制了地图，其中一处重要改变是取消了密西西比大学，据说是因为他不愿使他笔下的南方因一所大学而变得复杂化。

确实，福克纳笔下的约克纳帕塔法县无论在自然环境方面，还是在生活方式、价值标准方面，都是原始的、自然的。

奇妙的是，在约克纳帕塔法世系中，不同的人物、场景、故事之间都是脉络相通的，同一个人物可能原封不动或改头换面地出现在不同的作品中，甚至同一棵树、同一间房屋也会在不同的故事里出现。例如，山姆·法泽斯在《去吧，摩西》等多部作品中作为麦卡斯林家的仆佣出现，在短篇小说《公道》中，福克纳安排山姆·法泽斯讲述了自己作为印第安人和黑人的混血儿的身世，从而补全了他的背景。

橡树园里的婚姻与爱情

福克纳是个默默无闻的人，即使在《喧嚣与骚动》出版后，他在当地依然不受人瞩目。

如今的奥克斯福远近闻名，人们因为福克纳的作品“熟识”了它。福克纳的故居已是对外开放的博物馆，这座建于 1844 年的白色楼房在福克纳 1930 年买下后，取名橡树园，之后他一直和家人住在里面，直到1962年逝世。在这里，他创作了《寓言》《小镇》《大宅》等诸多重要作品。

福克纳买房子的原因是他结婚了。他和妻子埃斯特尔·奥德姆本是青梅竹马的邻居，但埃斯特尔却在1918年嫁给了富兰克林，因为她父母当时嫌弃福克纳没出息，而且太矮。富兰克林原在夏威夷当律师，后来到上海执业，起了个中文名叫樊克令，很快成为在十里洋场叱咤风云的大人物。但埃斯特尔和樊克令的婚姻有欠美满，到了1928年，夫妻感情终于走到了破裂的境地，埃斯特尔带着一子一女和一个中国保姆回到故乡，和福克纳旧情复燃，最终在1929年结了婚。

这段迟来了十年的姻缘却不幸福。埃斯特尔觉得福克纳写作过于投入，经常酗酒，对自己不够关心；福克纳则极其厌恶埃斯特尔挥霍无度的恶习。

20世纪三四十年代，由于缺钱，福克纳经常奔波到好莱坞给各大电影公司写剧本，这期间有过一段持续很久的婚外恋。他的女朋友梅塔·卡彭特在1976年出版的《恋爱中的绅士：威廉·福克纳和梅塔·卡彭特的爱情故事》中提到了这件事。

当然梅塔·卡彭特只是福克纳婚后众多女朋友中的一个。如此之多的婚外恋，只能说明他从来没有真正爱过和被爱。但有意思的是，他和埃斯特尔争吵不断，有时候甚至大打出手，却始终没有离婚。这大概跟福克纳独特的婚姻观有关。

（选自《作家文摘》第2169期）

托尔斯泰和他的庄园

◎ 黄虹坚

托尔斯泰的人生充满了故事，承继父母福荫拥有了领地、庄园和农奴。所以他也像许多纨绔子弟一样，有过不羁的青年时代，退过学，当过兵，酗过酒，赌过钱。难得的是他娶了一个长袖善舞的女强人索菲娅，替他管理庄园事务，保证了心无旁骛的写作。只是，托翁一直不放弃对社会改革的探究，年轻时探索改革农奴制度，年老时声明放弃版权和财产。这引起了索菲娅的强烈怨忿，于是夫妻争吵、分居、冷战，他决定出走高加索或保加利亚。

决意出走，是托翁为了给心灵找一个安放的家园。他选择割断与贵族的社交，回到自小熟悉和热爱的庄园，像农民一样粗衣淡食，耕田种地，过起了清简生活。但其时他的精神深陷挣扎，他的庄园也不是令他心静的绿洲了。后面的故事未免带点悲凉。托翁以 82 岁的老身仓皇出走，在 11 月的寒冬里因风寒得了肺炎，在一个小火车站挣扎七天后离世。索菲娅在他弥留前赶到，亲吻了他的前额求他宽恕。

托尔斯泰庄园没有想象的庄重雍容，但大门口直径两米多的绿顶白身圆柱颇显特色。走进庄园的左边是一口绿树环抱的湖，水色清澈，浮萍游荡，显得秀丽妩媚。这大概就是他作品中“湖”的原型。

绿林深处，有座两层小楼，也是白墙绿顶，正面墙有五扇窗，这是纪念馆，称为二号楼。从这座楼往右拐，走三四十米，便见到一号楼。它比二号楼的面积大，正面墙有大小 11 扇窗，楼下有两个带篷的白色阳台。看上去大宅已有点残旧，这就是托翁的旧居，是他前后住了 60 年的地方。他在这里完成了长篇巨著《战争与和平》。

从不太宽阔的门口进去，是个小门厅，摆着书柜。据说这里的藏书连二楼的共达两万余册，其中有屠格涅夫、罗曼·罗兰、高尔基亲笔签名奉送的著作。往左走是木楼梯。楼下左边是衣帽间，右边是托尔斯泰的工作室兼睡房。二楼迎面是个大厅，墙上挂着列宾的托尔斯泰油画像和他女儿及夫人的画像。大厅一角布置成会客的格局，托翁曾在此接待过许多作家。今天看来，这种家居摆设风格朴实。这或与托翁对贵族生活的厌恶不无关系。

索菲娅按托翁的意愿，把他的遗体运回庄园安葬。

墓穴是一长方形土丘，上面披挂着绿草，四周约 30 米的空地刚长出茸茸绿意，周边用半圆形的细枝条环环相接，造成一道低矮的护栏。所有的描绘在奥地利作家茨威格的文字面前都是无力的。他说，这是“世间最美的、给人印象最深刻的、最感人的坟墓”，“它只是树林中的一个小小长方形土丘，上面开满鲜花，没有十字架，没有墓碑，没有墓志铭，连托尔斯泰这个名字也没有。这个比谁都感到受自己的声名所累的伟人，就像偶尔被发现的流浪汉、不为人知的士兵那样不留名姓地被人埋葬了”。

见过了托尔斯泰庄园，想象着他在小路、湖畔、草地、林子里散步、思索，在黑土上拉牛犁地，恍觉他的灵魂仍在这片俄罗斯土地上游走。

正如歌德评价“莎士比亚是说不完的”一样，托尔斯泰同样也是说不完的。

（选自《作家文摘》第 2172 期）

上海重庆南路的人文风气

◎ 马尚龙

上海重庆南路，还是在叫作吕班路的时候，就成了文化人、实业家置产的居住地。

陈洁如与巴黎新邨的缘分

在如今复兴公园东侧重庆南路的马路对面，有一长排公寓房子，百来米长，这就是巴黎公寓，1936年的老房子。

沿着巴黎公寓的弄堂口进去，会发现弄堂里的房子和巴黎公寓风格迥异，这里是三层高的新式里弄住宅，这里是1912年先于公寓建造的新邨。

虽然在房子结构上，巴黎新邨逊色于巴黎公寓，但论人文名气，巴黎新邨则响得多了。这一条弄堂的8号，曾是蒋介石前夫人陈洁如的旧居。1927年，陈洁如被迫同意离婚。1933年，陈洁如化名陈璐，携养女瑶光寓居于巴黎新邨，终生未再嫁人。至今，巴黎新邨的铭牌上，还记载着陈洁如与巴黎新邨的缘分。

万宜坊聚拢的人文风气

人文名气是建筑物的灵魂。当陈洁如孤寂寓住巴黎新邨时，另一位女性则带着时代的风云离开了吕班公寓（今重庆公寓），这位女性便是美国记者史沫特莱。1928 年，史沫特莱以《法兰克福报》特派记者身份来到中国，1931 年在上海期间，据说她就住在重庆公寓。

重庆公寓的后头就是沪上最美的八大弄堂之一的万宜坊。万宜坊是当年吕班路上集人文记忆之大成、也是代表了吕班路最高级的民居建筑。在弄堂口驻足想象，仿佛就看到了一个又一个社会闻达踱步出入，一脸善相的数学教育家胡敦复，晚清民国年间大学问家王同愈，制墨名家、胡开文文具店店主胡洪开，耶鲁大学无线电博士方子卫，锅炉安全鉴定专家陆绪常，现代文学的干将钱杏邨、蒋光慈、胡也频、丁玲，复旦大学创始人马相伯……他们仅仅是同一条弄堂的错时代邻居。

当然，万宜坊里最显耀的人物就是邹韬奋了。邹韬奋于 1930 年迁居万宜坊 54 号，一直住到 1936 年。邹韬奋纪念馆设在邹韬奋的旧居，非常小巧却也因此亲和。

20 世纪 30 年代初，丁玲、胡也频夫妇也曾居住万宜坊。1930 年 11 月 8 日，他们迎来了一个新的家庭成员，丁玲为胡家生下了一名男婴，取名为胡小频。此后，胡也频接到组织安排，要求他前往江西苏区参加苏维埃代表大会。1931 年 1 月 8 日，临行前，胡也频找来朋友，在万宜坊弄堂口拍了张全家福。这也是胡也频一家唯一的一张合影。在洗印好的照片背面，丁玲写道，小频快满 60 天，他爸爸预备要远行，外婆要来照顾他。丁玲无法相信，万宜坊的这段快乐岁月将一去不复返。1 月 17 日夜深，胡也频还是没有回家。万宜坊胡家，昏黄的灯还亮着，但却沉寂如死。第二天，好友沈从文来到万宜坊胡家，告诉丁玲胡也频被捕的消息。此后，丁玲离开了万宜坊，将儿子送到湖南老家，自己则只身一人走上了革命的道路。

（选自《作家文摘》第 2175 期）

刘鹗故居:《老残游记》有余音

◎ 杜学峰

萧湖之畔自古商贾云集，在萧湖对面的勺湖附近，有一明清古雅小院，即为刘鹗故居。

刘鹗之父刘成忠曾为官河南，颇有积蓄，遂在淮安购置下此处田产，有房屋140多间和一座园林，全家安居在此。现留存下的也只有这一小部分。

故居现存文物三件：刘鹗弹的古琴一架，金丝楠木围棋桌一张，刘鹗穿的皮袄一件，内里还有“刘老太爷”四字，为刘鹗父亲所留。精雕细刻的棋桌，红尘隔了岁月，却再现了那时的绚丽烟火。

刘鹗本是镇江丹徒人，一生奔走四方，生前曾多次回到故里丹徒。其故居门壁之上，一直悬有“丹徒刘宅”的木刻。

“画杉大厅”是刘鹗接客会友的地方，有刘鹗全身画像，细看他一生经历的图片、手稿、日记，才知刘鹗非职业小说家，他承袭家学，致力于数学、医学、水利学等学问，还是位收藏家，集书画碑帖、金石甲骨，其《铁云藏龟》一书，开了甲骨文研究的先河，早年科场不利，他还曾行医和经商。

刘鹗喜欢结交三教九流，从他敦实的面容可见其豪爽。父亲很注重他的学业，他开过烟草店，在上海办过印书局，皆因亏本而关闭。爱好医学的他，不得不挂牌行医，后又致力于撰写医学著作，无怪乎在《老残游记》中，自己化身为一个走江湖的郎中。

刘鹗以一卷《老残游记》，让世人永远记住了他，他研究骨文残片，弘扬了中华文化遗产。有一副对联云：

> 奇士负奇才，一卷记游，能以文奇名后世；
> 故居陈故迹，千秋藏拓，堪为国故导先河。

刘鹗在《老残游记》自序中写道：

> 吾人生今之时，有身世之感情，有家国之感情，有社会之感情，有宗教之感情。其感情愈深者，其哭泣愈痛：此鸿都百炼生所以有《老残游记》之作也。

可见其忧国忧民的情感如滔滔江河，汹涌而来。刘鹗一直希望以发展经济、教化人心这一途径富国强民，所以他参与了许多经济活动，虽屡屡受挫，却始终百折不回。

可其生不逢时，国运颓废。1900 年义和团事起，八国联军侵入北京，刘鹗向联军处购得太仓储粟，设平粜局以赈北京饥困。1908 年清廷以“私售仓粟”罪把他充军新疆，次年死于乌鲁木齐。

（选自《作家文摘》第 2184 期）

重庆北碚的复旦痕迹

◎ 读史老张

登辉堂曾经笙歌鼎沸

1937 年 12 月，复旦师生跋山涉水到达重庆，先落脚在菜园坝复旦中学。1938 年初，吴南轩校长走遍大半个四川，四处勘察校址，终于看中了北碚夏坝（原名“下坝”）。夏坝位于黄桷树镇和东阳镇之间，依山临江、地势平坦。经过几年筹建，“巍巍学府”终于矗立在嘉陵江畔。

夏坝登辉堂竣工于 1943 年初，是北碚复旦的行政楼和教室，“登辉堂”三字是于右任先生书写的，这里也是夏坝的标志性建筑。后来陆续建起的相伯图书馆、寒冰科学馆、青年馆和新闻馆等，都以登辉堂为基准。登辉堂周围，还有大礼堂、食堂、学生宿舍和复旦新村（教师宿舍）相伴。当年，从嘉陵江对岸远眺复旦校舍，“晴川历历汉阳树”，分外壮美。

1945 年 8 月，抗战胜利消息传来，当晚的登辉堂前汽灯高悬，笙歌鼎沸。学生们提灯笼、放鞭炮，欣喜若狂。章益校长从复旦新村赶来，兴高采烈地说：“同学们……现在不论你们用什么方法来表示你们的快乐，我都照着你们做。”那一晚，学生们又跳又唱，章益也跟着唱，他先唱了京戏，又加唱了安徽大鼓，人们笑得前仰后合、热泪盈眶；各院系的教授们也唱念做打，大显身手。

大礼堂的浪漫凄美

登辉堂后侧，是一幢高高的平房，这里原来是复旦大礼堂。大礼堂建成于1941年，是夏坝最早的建筑之一，也是举行考试和大型活动的场所。

一天晚上，复旦国剧社正在演唱京戏《平贵别窑》，礼堂外，嘉陵江畔风声如涛；礼堂内，王宝钏苦守寒窑、哭哭啼啼，扮演薛平贵的学生顺口念道："江边风大，三姐还是回家吧！"观众顿时哄堂大笑。

1945年冬，复旦剧社重排曹禺名剧《雷雨》，复旦剧社沉寂多时，消息一出，轰动北碚，各界人士争相观摩，国立戏专师生也前来帮助化妆。演出当晚，大礼堂被挤得水泄不通。

章益担任校长后，大量聘任名教授，常在大礼堂举行师生见面会。一位学生记得，周谷城先生受聘担任史地系专任教授时，章益把他请到礼堂，与大家见面。"当周谷城教授讲话时，章校长一直站在木板讲坛的边上，直到周先生讲完话，又亲自陪周先生走出礼堂。可以说，自始至终'执礼甚恭'。"这样的见面会，章益不知主持过多少次。他提倡"兼容并包"，常常包容进步教授。

外文系主任梁宗岱先生曾在大礼堂演讲，批判国民党消极抗日，章益虽在台下坐立不安，但也仅在会后埋怨几句："你太大胆了！你太大胆了！"

有一次，孔祥熙到校"视察"，大礼堂贴出标语："欢迎国家栋梁孔祥熙！"中文系教授靳以先生一把撕下标语："孔祥熙是国家栋梁，国家早垮了！"

农场的足印

1939年起，复旦在夏坝开辟农场，占地约两三百亩。在此基础上，成立了复旦农学院。农学院名师云集，李亮恭、严家显、吴觉农和钱崇澍等先生都是国内顶尖的农学家，钱崇澍还是当年为数不多的中央研究院院士。

复旦农场里，还留下过其他名教授的足迹。1941年，舒宗侨先生到夏坝上课，就喜欢到农场散步，呼吸新鲜空气；1943年，曹诚英先生辗转来到夏坝，担任农学院专任教授。她是中国第一位女农学家，常以农场为家；1944年，顾颉刚先生被聘为史地系兼任教授，每周六到夏坝上课。开课第二周，他就来到农场。此后，他又多次踏足这里……

翻阅《顾颉刚日记》会发现：顾颉刚到校后，与曹诚英过从甚密。

1944年3月11日，顾颉刚"到复旦。到农场管理处访曹诚英"。3月12日，与女友张静秋女士"由江边到佩声（曹诚英字佩声）处，与同至东阳镇渡江。到吉林路吃饭"。3月26日，"冒雨渡江，到蚕种制造场，赴曹诚英约，吃饭（饺子）"。4月30日，"渡江，到曹佩声处。与静秋由参桑场行，吃桑葚。"这几次交往记录，几乎都与复旦农场有关。有时，曹诚英也会渡江到对岸，或到顾颉刚家小坐，或请客吃饭。

7月1日晚，顾颉刚与张静秋结婚，设宴于重庆蓉香餐厅，因"临时发表，亲朋猝不及防"，有人称之为"闪电战"，但曹诚英却早被告知。那天上午，她即来到顾家。中午，"同饭。"下午又与顾颉刚小女儿一起"招待来宾"。

最有意思的是，10 月 27 日，顾颉刚记道："佩声来，送花苗。"我猜想，"花苗"当是复旦农场培育的品种。第二天（28 日），顾颉刚在日记里冷不丁感叹："……此后予其筑圃于舍旁，学作老农乎！"

抗战胜利后，曹诚英随复旦返沪，入住复旦嘉陵村（今复旦第四宿舍），直到 1952 年高校院系调整，她调往沈阳农学院。这一时期，顾颉刚本人虽与复旦若即若离，但与曹诚英的往来却一直延续。

渡口通向诗和远方

校门正对面就是复旦渡口。渡口旁，立有一块石碑，上写"相辉渡口"。1946 年复旦返沪后，复旦校友利用校舍开办相辉学院，"杂交水稻之父"袁隆平先生就毕业于该校。

关于渡口，还有不少名教授逸事。顾颉刚渡江到夏坝上课，常提着布口袋。一到雨季，他不免要对渡口抱怨几句："今日到复旦授课，两腿颇软，经行陡坡。心亦宕甚，雨中行，更不易。""复旦码头之跳板既腐烂，又动荡，近日水涨。着地处减少，更难行。"

作为"古史辨派"学者，顾颉刚渡江还常有心得。有一次，船夫喊道："大梁子到了！"他"立刻联想到，这就是《书·禹贡》中九州的'梁州'，跟着，举出史据，证明这个判断是正确的"。

梁宗岱是诗人，上课常有即兴佳作。一个春日的上午，他正在谈诗，一位学生自言自语道："这么好的天气，江边谈诗才有意思。”梁宗岱闻言，二话不说，拿起讲义就跨出教室。学生们跟着他，争先恐后奔往渡口。刚坐定，又一位学生举手发言：“您觉得泛舟吟诗是不是比在草上晒太阳更美好？”这一次，不等梁宗岱回答，大家又一骨碌站起来，招呼船家。结果，梁宗岱被大家簇拥至岸边，“早已跳上船的男生伸出强壮臂膀，一把把他拉上去，随波荡往江心。”师生泛舟江上，吟诗作赋——这一幕，在夏坝不知上演过几回。

（选自《作家文摘》第 2185 期）

阿根廷也有“林徽因的客厅”

充满魅力的女作家

阿根廷著名作家维多利亚·奥坎波故居坐落在距离布宜诺斯艾利斯不过半小时车程的圣伊西德罗小镇，说起这位女作家，人们最津津乐道的莫过于她与印度诗人泰戈尔的一段跨国情愫。他们之间的忘年情谊既是精神之恋和世俗之恋的融合，也成就了印度语和西班牙语文学的一次深度对话。

1890 年，奥坎波出生在阿根廷一个贵族家庭，故居的建筑由其父亲自设计。像当时许多贵族子女一样，奥坎波通晓法语、英语和西班牙语。她 11 岁时就开始用法语创作散文，甚至早早就推出了自己的代表作《证言》《弗吉尼亚·伍尔夫论》等。

奥坎波充满个性和魅力，正如别墅音乐厅里她的肖像画所表现的那样，当年芳龄十九的奥坎波身着白纱裙，优雅高贵，漂亮的眼睛中却闪烁着倔强与独立。画中的奥坎波手中持书，似乎在预示她与文学密不可分的人生。

1931 年，奥坎波在这座别墅创办了著名的文学杂志《南方》，在此后 61 年里，共发行了 371 期，是当时整个拉丁美洲最重要的文学专刊，也是了解上世纪 30—60 年代拉美文化不可或缺的文献。

曾获诺贝尔文学奖的加西亚·马尔克斯和作家胡里奥·科塔萨尔曾多次表示《南方》对他们的创作发展产生过重要的影响；大批拉美作家在这本杂志上刊发新作，博尔赫斯《杜撰集》中大部分作品首刊于《南方》，奥克塔维奥·帕斯、聂鲁达、加西亚·洛尔卡、拉斐尔·阿尔贝蒂等著名作家和诗人的许多作品也由《南方》走向世界。

南美文学客厅

1930 年，奥坎波从父亲那里继承了这座气派的法式别墅后，对其进行了大刀阔斧的改造。她拆除了阴沉压抑的深色实木墙围和艳丽的花卉墙布，将墙面全涂成了简洁明快的白色，只在餐厅和一处拐角保留了原先的样式，以纪念先辈。

此外，她还将别墅里所有的豪华吊灯都换成了台灯或落地灯，将西方传统风格的罗马柱、油画和壁炉，与毕加索设计的地毯、乡土气息浓郁的藤制坐椅，以及东方风情的工笔画、漆器巧妙地融合在一起。

作为杂志的创刊地，奥坎波别墅也一度变成了“林徽因的客厅”，终日洋溢着浓郁的文化气息。

在这里，奥坎波接待过众多在世界文学史上赫赫有名的大人物，如博尔赫斯和泰戈尔等。他们在这里讨论文学创作、交流对战争和主义的看法，彼此间有过分歧甚至争吵，但更多时候是思想的碰撞与友谊的交融。博尔赫斯甚至在小说集《小径分叉的花园》开头赫然写上了“献给维多利亚·奥坎波”。

声名鹊起

奥坎波本人也因此在阿根廷声名鹊起。她曾被任命为阿根廷国家艺术基金会负责人，被授予“阿根廷文学院院士”称号，成为首位获得这一荣誉的女性作家。此外，她还参与了联合国教科文组织的筹建工作，并作为唯一一个阿根廷代表，出席了纽伦堡审判（二战后，由战胜国对纳粹德国军政首领的审判）。

1979 年 1 月 27 日，奥坎波因病去世。临终前，她将整座别墅连同里面上万册的图书、期刊捐献给了联合国教科文组织。

这个拥有 11000 多册藏书、2500 份期刊和 1000 张照片的地方，既可以作为研究和辩论场所，也可以当作博物馆和文献中心，后来成了联合国教科文组织拉丁美洲和加勒比地区科学办事处在阿根廷的办公地。2017 年，奥坎波别墅被列入联合国教科文组织保护文献遗产计划。

（选自《作家文摘》第 2191 期　陈晓航　咖喱等文）

卢瓦河谷：文学灵感殿堂

◎ 梁和

要完整领略法国风情，只需要去两个地方，一是巴黎，一是卢瓦河谷。巴黎的美，美在各种文化风格的撞击和矛盾之间；而卢瓦河谷则美在她甜美纯粹的法兰西风情。

神秘的“帝王谷”

卢瓦河是法国第一大河，她最美的一段便是中游河谷。河流两岸有许多精致的小山丘，古老的城堡掩映在绿树丛中。这些古堡大都建于中世纪和文艺复兴时期，幽深的古堡宅院青苔斑驳，为这个法兰西花园增添了几分沧桑感。因为这些古典建筑的存在，卢瓦河才获得了法国第一河流的殊荣。

英法百年战争时期，法国王室曾经逃到卢瓦河谷避难，因此卢瓦河谷也被称作“帝王谷”，不少古堡都留下了皇室的奇闻轶事的传说，这使得城堡变得更加神秘起来。

卢瓦河谷的城堡众多，香波堡和舍农索堡也许是皇冠上的最闪亮的宝石，但是其他的珠宝也同样光彩夺目。比如被认为是法国文艺复兴标志之一的昂布瓦斯城堡，虽然城堡建立的时间很早，但它是在弗朗索瓦一世的手中辉煌的。

昂布瓦斯城堡最早的建筑史要追溯到罗马时代，那时这里已是卢瓦河畔的要塞。国王查理八世在此出生和长大，他在出访意大利后对城堡进行了扩建，在城堡竣工后便与王妃布列塔尼女公爵安妮定居于此。

弗朗索瓦一世的少年时代也在昂布瓦斯城堡度过，他和妹妹玛格丽特一起在这里研读了许多书籍，对意大利文艺复兴风潮颇为敬仰。

巴尔扎克魂牵梦萦的城堡

卢瓦河谷还有不少给脍炙人口的著名作品带去灵感的城堡，比如于塞城堡，是《佩罗童话》中《睡美人》一篇的原型。作者佩罗通过这座城堡获得了灵感，根据民间故事创作出了举世闻名的童话故事，如今城堡里还有睡美人和王子的塑像。

雪瓦尼城堡则是《丁丁历险记》漫画中城堡的原型，原本是17世纪的时候一位领主送给爱妻的礼物。内部装饰美轮美奂，暗粉和浅黄色的帷幔从大大的落地窗垂落在典雅的家具上，让这座城堡的室内显得格外温柔。

说到爱的礼物，不得不提到蒙特图尔城堡，那是一直以来令大文豪巴尔扎克魂牵梦萦的城堡。巴尔扎克是土生土长的卢瓦河谷人，去巴黎寻找文学梦之后，他也会不断地回到卢瓦河谷在不同的地方游历居住，并且在这些地方写出了《高老头》《幽谷百合》等作品，在他的小说中，关于卢瓦河谷的唯美景象时常出现。

巴尔扎克一直想买下蒙特图尔城堡并送给他的情人，也是与他一生纠葛最深的女人——波兰贵族汉斯卡夫人。然而，尽管巴尔扎克在文坛上极为活跃，但却无奈不是挣钱的料，全靠汉斯卡夫人来替他偿还债务。而这蒙特图尔城堡，也就只能作为一个徒劳的梦想，记录着巴尔扎克的爱情往事。

（选自《作家文摘》第 2090 期）

阿特湖畔的马勒小屋

◎ 曹利群

奥地利斯坦因巴赫位于阿特湖西岸，1893 年至 1896 年夏天，作曲家马勒在这里度过，并创作了第三交响曲。记得 20 多年前我买的第一张马勒交响曲的唱片，封面用的就是阿特湖边的马勒作曲小屋：林木葱郁的湖边，蔚蓝色的湖水为葱绿的山林环绕。

作曲小屋建在一块突出湖面的土坡上，立定远望，湖面开阔，水波荡漾，屋内陈设极为简单，一张桌子、一把椅子、一架钢琴和一个壁炉，不到 10 平方米的小房子，四周贴满了复印的图片和文字。自马勒 1896 年离开之后，这间“小屋”先后被用作洗衣房、浴室、屠宰屋、厕所、工具间，除了四周的那几棵树被砍伐之外，其他一切完好不差地保留了下来。

1893 年至 1896 年的夏天，马勒与两个妹妹尤丝汀娜、爱玛，弟弟奥托，红颜知己娜塔莉 · 鲍尔 – 莱希纳分别住在弗廷格尔旅店的四个房间。莱希纳不厌其烦地记下马勒每日创作与生活的点点滴滴，两个妹妹负责照料马勒的生活起居。为了保证创作环境不被打扰，姐妹俩竖起稻草人以驱赶鸟儿，用糖果打发小孩子远离，就连那些挂着铃铛的牲口也不能靠前。

就此，马勒展开了他踌躇满志的夏日作曲计划，像一个清教徒一样刻板地按照固定的作息时间表工作。他每天早晨 6 点半起床，独自走到小屋，作曲直到中午。午餐只有少量的食物，且不饮酒。有时高兴了也与大家一道午餐，席间谈笑风生。饭后的一支雪茄烟是少不了的，尤丝汀娜只需看一下哥哥的表情就知道创作是否顺利。

下午马勒例行休息，多半时间和妹妹们一起散步、爬山，或者骑自行车漫游在乡间。马勒也不时去拜访夏季在湖区的巴德伊舍小镇度假的勃拉姆斯。虽然作曲理念不同，但马勒喜欢这个老头。1896 年，在给安娜·弥尔顿堡的信中马勒写道：

> 他（指勃拉姆斯）是一棵多节疤的粗壮的树，但结有成熟甜蜜的果实。去见这样一棵叶茂枝繁的树是一种喜悦。当然，我们并不十分相投，只是很好地保持着友谊。

对于勃拉姆斯那种德意志式的缜密的音乐逻辑大厦而言，马勒更以为音乐是包罗万象的，为此他长时间地静寂孤绝，沉浸于自我的内心，以期把心之所想目之所及统统写进他的音乐。

对于马勒来说，大自然是他的后方，所有人性的东西都诞生在大自然里。1895 年的夏天，马勒就已预期了新作品的成功，他邀请弟子布鲁诺·瓦尔特从汉堡来阿特湖畅谈。瓦尔特乘船经阿特湖抵达斯坦因巴赫，在码头上受到了马勒的欢迎。瓦尔特举目四望，从湖面一直扫视到山巅。马勒连忙说：“您不必再多看了，这里所有的一切都被写进了我的乐曲。”

马勒创作的六个乐章最初的标题如下：

> 第一乐章：潘神醒了：夏天进行曲

第二乐章：草地上的鲜花告诉我

第三乐章：森林的动物告诉我

第四乐章：人类告诉我

第五乐章：天使告诉我

第六乐章：爱情告诉我

毕希纳曾回忆和马勒一起去散步的情形，他们看到一个乱糟糟的女巫安息日活动，竞技场、木偶戏的手摇风琴，还有一支军队和一个男声合唱团的声音混合在一起。马勒大声惊叫："这就是复调音乐，我就是在那里学到它的。"

在经历了自然、动物、人类社会的激烈冲突后，马勒把我们带入了一个超凡脱俗的精神境界。面对世事和家事的种种残酷不幸，马勒那个饱受现实摧残的心灵最终得到上苍的抚慰。音乐仿佛在说，我，马勒，一个凡夫俗子，曾经站在峭壁上往下看，感到十分惊恐。但是现在，我恢复了对生活的信念。

马勒小屋从来没有喧嚣过，也从来不乏真心的瞻仰者。就像马勒墓碑的墓志铭所写的那样：

前来探访我的人知道我是谁，其他人也就不需要知道了。

（选自《作家文摘》第 2093 期）

每一座城市，都有属于自己的犯罪小说

◎ 陈杜梨

城市为作家提供了灵感

在欧美犯罪小说中，与乡村相比，城市为血腥、肮脏和罪恶提供了更广阔的空间。

无论是乔治·西默农笔下的梅格雷探长巡逻的巴黎，还是菲利普·马洛游荡的海湾城（也就是洛杉矶的圣莫尼卡），抑或是爱尔兰作家约翰·班维尔笔下的病理学家奎克生活的都柏林，城市都证明了比荒野更适合犯罪小说。

尤其是在 1956 年英国的《空气净化法案》颁布之前，在整个城市笼罩在雾霾中的时候，最适合作为犯罪的背景。1952 年 12 月那场持续了几天的罕见雾霾天气，让很多伦敦人因此患上了肺炎、支气管炎、肺结核和心脏衰竭，也为作家提供了灵感。

英国作家玛格丽特·阿林汉姆在 1952 年就以浓雾中的伦敦为背景，创作了犯罪小说《烟中之虎》，这位英国推理小说黄金时代的女作家，虽然成年后大部分时间生活在埃塞克斯郡一栋半木结构的庄园里，但是她最好的小说都发生在伦敦。

爱尔兰作家班维尔曾经表示，他在着手创作犯罪小说时，就决定将 20 世纪 50 年代的都柏林作为小说的背景——

> 那遍地的污秽，沉沉的雾气和煤烟，那薄雾缭绕的早晨，被雨水冲刷过的黎明或黄昏，运河两岸可爱的银灰色傍晚和隆起的大理石桥，一切见不得人的勾当，一切隐秘的罪恶，一切绝望的人和事，一切的罪行等等……

他都认为是自己犯罪小说的理想背景。从 2008 年开始他写出了三部以都柏林为背景的犯罪小说《堕落的信徒》《银色的天鹅》和《阿普里尔的挽歌》。

虽然在昏黄浓雾下，煤气灯光中的城市是犯罪小说的圣殿，而弥漫着书卷气息的牛津城也受到犯罪小说家的青睐。埃德蒙·克里斯平的《玩具店不见了》早已成为学院喜剧式推理小说的经典之作。故事发生在 20 世纪 30 年代的牛津——用书中的话说是“众城之花”。这本小说实际上是 1946 年出版的，字里行间洋溢着欢快的幽默，这正是战后幸福感的投影。

书中这样描写牛津城：

> 灰色的穹苍化为一个金光灿烂的早晨。圣吉里斯的秋叶已经开始从树上纷纷落下，展现了一场古铜、金黄和麦青的色彩秀。从空中看来，牛津酷似一座古老的迷宫，此刻它已经开始喧腾骚动起来。

美到如此地步的牛津估计也会让读者产生书中那个人物的感慨吧：怎么我没住在这里。

想象中的现实更真实

马丁·克鲁兹·史密斯 1981 年出版的小说《高尔基公园》，背景设置在冬天的莫斯科。这本书因对冷战时期苏联首都的细致描写而广受赞誉。书中描写该市冬天的严寒：

> 雪地里实在太冷了，下了车的克格勃和现场的民警们都跺着脚取暖，他们的帽子和衣领上已经结上了一层薄薄的冰凌，用“呵气成霜”来形容他们的状态正合适。

不过史密斯对莫斯科的描写最精准的并不是天气，而是当时的人和生活，比如探长科伦在看到公园里发现的三具尸体后想：

> 虽然这三具尸体，哦，不，这三个人，原本可以凑在一起买伏特加喝的，可惜现在已经变成尸体了。在这里，伏特加是要被征税的，所以价格不断上涨。性价比较高的办法是一次买三瓶，这样既能喝过瘾，又不算太贵，能够充分展示共产主义的优越性。

但令人惊讶的是，美国作家史密斯从来没有去过莫斯科，这再次证明了在小说中，想象中的现实往往比现实本身更真实。与此正相反，虽然作家裘小龙出生在上海，但陈探长系列中的上海却像虚构出来的。

《红英之死》为裘小龙赢得全球推理小说最高荣誉——世界推理小说大奖。但是这只是为欧美读者量身打造的作品，让外国人一窥中国，作为 80 年代就离开中国的人，裘小龙笔下的 90 年代的中国并不能打动中国人。

局外人来捕捉的城市本质

棱镜的另一面却是，一个城市，有时需要一个局外人来捕捉它的本质。雷蒙德 · 钱德勒，出生于芝加哥，在伦敦南部长大，而他以纳博科夫式的眼睛描写了洛杉矶暗淡忧郁之美。在他 1939 年出版的《长眠不醒》的开头写道：

> 十月中旬的一天上午，十一点钟左右，太阳没有露头，几座小山丘前的空旷处雨意正浓。

雷克雅未克，冰岛首都，即使是夏季也一派寒凉秋意，被大海和森林簇拥的挪威的奥斯陆也并非犯罪小说里常有的环境，这些世界上最宜居的城市根本不会让人想起恐怖的谋杀。然而在过去的十年，北欧的犯罪小说作家们在这些地方破获了一起又一起连环杀人案。

每一个宏伟的城市都理应有属于它们自己的犯罪小说，就像柯南 · 道尔和威尔基 · 柯林斯笔下的伦敦和所有那些犯罪小说家居住的地方。

（选自《作家文摘》第 2054 期）

上海老西门的“历史文脉”

◎ 来来

早在明代嘉靖年间，上海就已然“辟城门六座，后又增加四门，规制一如别处”，是不折不扣的“上海城”了。

数百年光阴如梭，城门楼子逐渐湮灭，但作为上海老城厢中心地段和上海城市文化重要发祥地，老西门（又名“仪凤门”）却依旧名号“响亮”。

风云人物在此驻足

明朝的内阁大学士徐光启，是中国古代历史上担得起“学贯中西”之称的大家。要追溯他的人生足迹，就不得不提他的“故里”老西门。

他出生于上海城南太卿坊徐氏祖宅，祖宅原有三进院落，今天位于光启南路的徐光启祠堂正是昔日祖宅的最后一进，本有九间屋子，分上下两层，人称“九间楼”，1937 年，侵华日军炸毁其中两间，仅存七间，1959 年被列为上海市文物保护单位。

距离徐光启祠堂不远，黄家阙路 36 号，留存着我国现代职业教育的先驱黄炎培的故居旧址。1918 年，他创办上海中华职业学校，倡导“手脑并用，双手万能”理念，开启了我国现代职业教育的先河。从 1913 年到 1937 年，黄炎培一直住在老西门黄家阙路 36 号。

老西门被称为“文盛之地”当然不是随意得来。除了徐光启和黄炎培，明代大书画家董其昌、现代教育家叶企孙等都在老西门居住过。现代著名教育家吴若安、中国早期女子体育教育创始人之一王季鲁、著名妇产科医学家王淑贞、冠生园创始人冼冠生、乔家栅点心店的创始人李一高，等等，都曾在此创业或工作，为老西门留下丰厚的人文遗产。

教育新篇由此揭开

上海历史最悠久的学校，便是位于老西门地区蓬莱路的敬业中学。林则徐任江苏巡抚时，曾给当时的敬业书院题匾“海滨邹鲁”，鲁为孔子的出生地，邹为孟子的出生地，孔孟圣贤，“邹鲁”二字在古人看来分量可谓不轻。

始建于 1748 年的敬业中学，初名“申江书院”，后改名“敬业书院”，堪称东海之滨的“邹鲁”。1902 年，书院改成敬业学堂，此后又经历多次改名，直至抗战胜利后恢复市立敬业中学校名，1959 年列为上海市重点中学。

老西门不但有海滨邹鲁，更有新式学堂。诞生在老西门的梅溪小学就是中国人自办的第一所新式小学。1878 年，张焕纶在梅溪弄（今蓬莱路河南南路口）旁创办正蒙书院，一改传统教育方式，规定“以‘明义理，识时务’为宗旨”，设国文、舆地、经史、时务、格致、数学、诗歌、体育等课程，曾被誉为“中国四千年来最先改良小学校”。

1843 年上海开埠后，大批外国传教士在此定居，并开办起新式学校。1850年，美国传教士裨治文的夫人艾丽莎在老西门创办裨文女塾，成为上海第一所女子学校。已故中华人民共和国名誉主席宋庆龄的母亲倪桂珍就是毕业于裨文女塾。

1902年，中国人创办的第一所女子学校也落户老西门，这就是出现在黄家阙路上的务本女塾。创办人吴馨认为“女子为国民之母，欲陶冶健全国民，根本须提倡女权”，故取塾名为“务本”。

唱响义勇军进行曲

20世纪前叶，以老西门为代表的上海华界洋溢着革命的激情、新文化的求索，不少脍炙人口的艺术作品都是在这里率先打响，之后再传播全国。

地处今天大林路、方斜路与大吉路交界处的上海公共体育场，曾被誉为“绿茵场上的民族魂”。它于1917年竣工，改变了上海华界无自办体育场的局面，并作为上海华界屈指可数的公共集会场所，见证了许多重要历史瞬间。

1919年五四运动爆发，为了声援北京学生，上海各界民众两万余人在体育场集会，表达在巴黎和会上拒签辱国条约的正义呼声。1925年五卅惨案发生后，这里召开了10万人的反帝大会。1931年“9·18事变”发生后，20多万市民在此举行抗日救国市民大会和抗日救亡义勇军大检阅。1936年6月7日，在中共地下党领导下，这里举办了上海民众抗日救亡歌咏大会，聂耳、孙慎、刘良模等创作的《大路歌》《毕业歌》《义勇军进行曲》等歌曲广为传播，推动了全国抗日运动的发展。

（选自《作家文摘》第2064期）

北京砖塔胡同：元代戏剧一条街

◎ 张宝贵

胡同名七百余年未改

位于北京西城区的砖塔胡同成形于元代，是北京城里最古老的胡同之一，而且胡同名七百余年来未改。

砖塔胡同得名于这里的一座砖塔，它是北京城里唯一的一座砖塔。砖塔修建于元代，为九重八角的青砖塔，高 15.9 米。它是当时的高僧万松行秀的墓塔，所以人们都叫它“万松老人塔”。万松老人是河南洛阳人，15 岁时到河北邢台净土寺出家为僧。因其聪明好学，很快就掌握了大量的佛法知识。后云游四方，在河北磁县的大明寺向当时著名的高僧雪岩满学习。学成后，高僧万松返回净土寺升为住持，他在寺内建万松轩，自称“万松野老”，人们尊称为“万松老人”。

因万松老人博学多才，精通佛法，得到金朝皇帝金章宗的赏识，他请万松老人到燕京西山的仰山（妙峰山南边）栖隐寺为住持。栖隐寺在辽金时代为京城大寺，是皇家寺院之一。金章宗于明昌四年（1193）在燕京召见他，并赐锦绮袈裟一件。到元代，他又受到元世祖忽必烈的礼待，经常受到召见。万松老人告诫元世祖要“以儒治国，以佛治心”。当时的名相耶律楚材还拜万松老人为师，参学三年。

万松老人圆寂后，因其德高望重，特赐埋葬大都（北京）

内西城，并建有墓塔，即现在的砖塔。1984 年砖塔被列为北京市重点文物保护单位。

元代戏剧一条街

值得一提的是，砖塔胡同还是我国戏剧的发祥地。

我国的戏剧在元代达到了一个高峰。元代时出现了很多著名的戏剧家和剧本，如关汉卿的《窦娥冤》《望江亭》、王实甫的《西厢记》等，七百余年来，这些剧目仍久演不衰。当时的元大都是戏剧中心，而戏剧的演出地点就在砖塔胡同。

当时的砖塔胡同有很多“勾栏”“瓦舍”，即剧场。大的“勾栏”可坐千余人，小的“瓦舍”也能容几十人或上百人。在砖塔胡同中南北两侧的小胡同里，也都有剧场。可以说，砖塔胡同在元代时是戏剧一条街。每天的砖塔胡同里，都是锣鼓喧天，高唱低吟，热闹非常。据元《青楼集》载，元代时著名的女演员如珠帘秀（朱帘秀）、顺时秀（郭顺卿）等就是在这里的大剧场演出。有时大戏剧家们，像关汉卿等也登台演出。

遗憾的是，1900 年八国联军入侵北京，这里的戏班、乐户纷纷逃回家乡或解散。此后，这里逐渐成为居民区。义和团运动中，义和团在攻打西什库教堂时，指挥部就设在砖塔胡同。

文化名人故居

在砖塔胡同里还有一些文化名人来此居住，如清代著名女词人顾太清（西林春）。她是贝勒奕绘的侧福晋，在奕绘死后，被奕绘已故正室夫人的长子赶出门，顾太清携二子、二女搬到砖塔胡同居住。后来，顾太清双目失明，但仍笔耕不辍，她的主要诗集是《东海渔歌》。她还续写了《红楼梦》，书名为《红楼梦影》，全书 24 回，顾太清是续写《红楼梦》的第一人。

上世纪 20 年代初，京味作家老舍先生在任“西北城高等小学国民学校”校务主任时，经常到砖塔胡同，后来他以砖塔胡同的环境写下了长篇小说《离婚》。

当年，鲁迅先生在八道湾的住所和周作人决裂后，在 1923 年 8 月搬到了砖塔胡同 61 号（今为 84 号）。在这里先生写下了《祝福》《在酒楼上》等名篇。鲁迅先生在砖塔胡同居住了只有不到一年的时间，而我国著名作家、小说大家张恨水先生在砖塔胡同住了近 20 年的时间，从 1949 年末直到 1967 年春去世。他的故居位于砖塔胡同西头路北，老门牌是 43 号，后改为 95 号。当时他住的是一座小三合院，小院里种植有丁香、榆叶梅、翠竹等花木。张恨水在这里写下了《啼笑因缘》《金粉世家》《五子登科》等脍炙人口的小说。

（选自《作家文摘》第 2073 期）

乌尔姆不只有爱因斯坦

乌尔姆，一个位于德国巴登－符腾堡州多瑙河边的古老城市。著名科学家爱因斯坦就出生在这里，也许是受爱因斯坦的影响，这座城市在高科技、科研和工业等领域是当前欧盟创新力最强的地区。

爱因斯坦的痕迹

“知识型城市”是乌尔姆再好不过的城市名片，1879 年 3 月 14 日，爱因斯坦出生在乌尔姆市火车站街 20 号的一幢房子里。虽然在爱因斯坦 76 年的一生中，他仅在乌尔姆生活了 15 个月，但他仍然是乌尔姆人的骄傲。

今天，与爱因斯坦有关的遗迹，已成为旅游名胜地。虽然其故居已不存在，但位置仍用红线划出来，上面还竖立着爱因斯坦的纪念像。城里的成人教育中心亦被命名为爱因斯坦大楼。当中最为游客津津乐道的，是爱因斯坦喷泉。雕塑用了大师著名的鬼脸，代表其相对论理念；喷泉对面墙则镶有一大石，代表他的姓氏（Einstein 德文的意思是一块石头），整个设计十分风趣幽默。还有老牌咖啡店 Troglen 的爱因斯坦巧克力与咖啡杯。

泰迪熊玩具诞生地

除了爱因斯坦，这里还诞生了名满天下的泰迪熊玩具。

1847 年，一位名叫玛格丽特·施泰夫的普通小女孩出生了。在她一岁半的时候，不幸患上了小儿麻痹症，从此无法站立，只能在轮椅上度过一生。但是她并没有怨天尤人，长大后创办了一家服装店，干的有声有色。

1879 年 12 月，玛格丽特无意中在一本《Modewelt》杂志上，看到了一个玩具象的形象，于是突发灵感做了一些毛绒玩具送给朋友。结果，大受欢迎，于是她又开始继续扩展毛绒玩具的种类，并且不断扩大自己的生产规模。1894 年，玛格丽特的产品已经开始进军展览会，毛绒玩具要远销世界各地了。就在这时，玛格丽特的侄子理查德·施泰夫也经常来工厂帮忙。这个年轻人非常喜欢去动物园给动物们画素描——尤其是当时大受欢迎的小熊。

玛格丽特很喜欢侄子的素描，于是设计制作了毛绒小熊玩具。这些小熊玩具在展览会上被一位美国买主订购了 3000 只，一股席卷全球的毛毛熊热潮从此展开。今日，乌尔姆近郊基森的泰迪熊厂房以及博物馆，正是无数熊迷“朝圣”之地。

上帝的手指

乌尔姆的敏斯特大教堂是典型的哥特式建筑，高度为世界第一。教堂主塔高度达 161.6 米，超出举世闻名的科隆大教堂 4.6 米。这座砖石结构的大教堂被誉为“上帝的手指”，从设计到建成经历了近600年人世沧桑，凝结了数代工匠的智慧和血汗。

敏斯特大教堂的建造计划始于1377年，同年6月30日埋下奠基石。1392—1419年在当地建筑师恩辛格主持下，建造砖石结构的教堂主体。当时的设计高度是156米，但经过恩辛格及其儿孙三代人接力赛的努力，仍未能实现设计者的愿望。以后，该教堂的建造断断续续，直到1890年，在建筑师拜尔的主持下，终于实现了恩辛格几百年前的梦想。

站在塔顶平台可以俯视多瑙河和爱因斯坦诞生地的全貌，当地人称这座教堂不仅是上帝赐给他们的荣誉，而且是数代工匠留给后人的杰作，是失而不能复得的珍宝。

除去敏斯特大教堂外，老市政厅也是乌尔姆的一大亮点。老市政厅最老的部分是建于1370年的一座建筑，当时是一家百货商店。1419年这座建筑首次被称为市政厅，1520年在东外墙上镶上了装饰华丽的天文钟。老市政厅最引人注目的是外墙上的湿壁画。

全世界最歪的房子

老城、渔民和皮革匠居住区酒馆众多，成为街头一景。一座与众不同的老房子斜倚在水中央，这就是乌尔姆独一无二的斜屋酒店了。这栋房子骄傲地坐拥一项吉尼斯世界纪录：全世界最歪的房子。这栋房建于1443年，后因地质原因导致地基倾斜，而房屋的使用丝毫不受影响，聪明的乌尔姆人把它开发成了酒店。

从乌尔姆新老建筑的混搭，可以看出这个城市思想前卫，大胆创新的开拓精神和城市活力。

（选自《作家文摘》第 2338 期）

文豪们的灵感之地

马赫福兹：开罗老咖啡馆

纳吉布·马赫福兹是埃及家喻户晓的文学巨匠，也是第一位获得诺贝尔文学奖的阿拉伯世界作家。

马赫福兹常在开罗的老咖啡馆中写作，其许多作品刻画入微。这些坐落于市井之中的老店弥漫着咖啡的浓香，上演人间百态，成为洞察埃及社会的一扇窗。在马赫福兹生前光顾的咖啡馆中，最有名的便是拥有 200 多年历史的费沙维咖啡馆以及充满阿拉伯传统风格的哈拉费什咖啡馆。

时至今日，无论是爱好艺术的本地居民，还是慕名而来的外国游客，依旧钟情于这两个传统咖啡馆里的惬意时光——参观纪念马赫福兹的房间或角落，再品尝一杯浓郁的咖啡，听一曲阿拉伯音乐的弹唱。马赫福兹与老咖啡馆，逐渐成为一种新的文化符号。

艾米唐：旧金山

旧金山的唐人街是艾米唐小说中的一个场景，甚至也可以说是一个角色。在她的《快乐俱乐部》诞生后，这部小说也被拍成了一部成功又叫座的电影，主角是一个名叫“摇摆人”的人，她书中所有人的名字来源于她的家庭生活的街道。

传统唐人街的部分地区生活的更多是越南人，甚至是俄罗斯人。但瓦佛利广场这儿仍然是美国最古老的中国寺庙所在地，也是华人最为聚居的地方。在她的书中，Waverly 被称为“被粉刷过的阳台的街道”，这是因为这里有色彩鲜艳的商店和餐馆。

帕慕克：伊斯坦布尔

所有现代伊斯坦布尔的零售动力灯，都出现在帕慕克的书中，这个城市是一个忧郁的地方，经常笼罩在冬天的寒冷之中。他写了关于生活社区的细节，带着寓意的塑料瓶漂在博斯普鲁斯海峡的大帆船沉船中。而书中他自己的邻里 Cihangir 体现了城市的变化。

现在，伊斯坦布尔是艺术家和作家的聚会之地，帕慕克的“无辜博物馆”，是一个以他的小说命名的实际存在的博物馆，是以他的文字进行设计的。双层故事的房子包含着小说爱情故事的遗迹，每个展示都与本书的一章相关。

奇玛曼达：拉各斯

时髦的拉各斯社区，在公园的背景下，诞生了奇玛曼达的“美国人”。

在尼日利亚，对世界的所有文学贡献中，拉各斯是一个很难被浪漫化的城市。噪音、交通和污染使生活变得繁忙和喧嚣。但对于作者来说，这座城市有一种强大的吸引力——在《美国人》中，随着主要人物在长途迁徙后返回家园，书中Kosi向读者展示了她的城市，这是一种充满爱慕的描述，所以很容易想象书中Adichie的妻子找到了“岛上的那些自命不凡的时尚设计师”。

在维多利亚岛上，有一些新精品店为富人提供消遣的地方。像勒克奇的棕榈树购物中心和公园景观的豪华社区，都有拉各斯分会的背景，象征着这座城市不断增长的财富。但也有Falomo自己的地方，在她的采访中，她的名字就像贾兹霍尔装满了CD，以及在泰拉文化的书店尼日利亚的文人更有可能发现经典那样，她充满了无限热情。

奈保尔：西班牙港

许多奈保尔的小说都是半自传式的，如他在22岁时写的《米格尔大街》，是由17个独立短篇组成，全书又互为联系。他说过：“我非常简练、快速地写下了我记忆中最普通的事情。我写了有关西班牙港的街道，我的童年生活曾有一段时间是在那里度过的。”可见，米格尔大街是他童年生活过的特立尼达和多巴哥的缩影，街上的普通居民身上就有作者的影子。

2001年，奈保尔获得诺贝尔文学奖，特立尼达和多巴哥政府拨款将奈保尔故居改造成了博物馆，位于西班牙港口圣詹姆斯的尼保罗街的奈保尔家和文学博物馆，成为了本国的加勒比文学研究中心。

（选自《作家文摘》第2274期）

契诃夫故居的芬芳药草

◎ 邓跃东

参观契诃夫在梅利霍沃的乡下故居前，我做了一些功课，踏进故园后，一切似曾相识，林间树木、起居器物和书房陈设，跟书里介绍的几乎一样，透着一种老气息。

这是一处幽静的乡下庄园，起居室、储藏室、会客室等七八座房屋坐落其间，相互间隔几十米的距离，中间有高大的树木，绿荫遮了一地。契诃夫的写作小屋未跟书房、卧室连在一起，是一座尖顶木屋，设置了露天阳台，前方盛开着红白相间的花草。他居住在这里，倒像个孤独的守林人。

我独自来到一座有几个窗户的木房前，门口有一小片绿色的植物，散发淡淡的清香，边上插着几块标牌，写着俄文。进到虚掩的门里，里面有一个俄罗斯老妇人，应是看房子的管理员。我打着手势询问，她指着绿色的草生物，用俄语认真地解释着，可我一点都听不懂。她急了，先是做着双手捧腹的动作，然后表演端杯喝水的样子，再指指地里。我还是没搞懂。她一把将我拉进屋里，指着几样器物给我看，然后躺到一个长椅上，不住地呻吟。这下我明白了，她在表演生病，绿色的植物是熬水的草药，因为房子里还有悬壶、针刀、药瓶等物。我突然想起了，契诃夫是个医生啊！

契诃夫出生在一个小商铺家庭。生意不景气，父亲跑到莫斯科躲债，想尽办法让他们兄妹几个接受教育，他得以进入医学院。毕业后，契诃夫在莫斯科近郊行医，他写了不少的小说，又去了圣彼得堡，继续给报刊投稿。

在自己患上肺结核的早期，契诃夫毅然独自踏上了去库页岛的迢迢路途，要去看看这个声名狼藉的政治流放地。这次远游回来后，契诃夫思想变化很大，他在梅利霍沃购买了这处乡下房子，修整扩建后，将父母接来一起生活，在莫斯科的妹妹玛利亚也经常来陪同。契诃夫在这里写出了小说《第六病室》。

在庄园生活，契诃夫倾心于农民，协调办了两所学校，参加人口普查，防疫霍乱。他还种植了很多药草，免费送给病人。契诃夫曾送给高尔基一块手表，上面刻着“契诃夫医生赠”，他更高兴别人称他是个医生，行医使他了解到真实的社会病根，他要把药草种到更广阔的文字世界里。

契诃夫住房的东墙下，至今还保留着一个小戏台，台下放着几排长条椅子，他写出的剧本就在这里试演，让附近的平民前来观看，然后根据他们的感受和渴求来修改。后来每部作品在莫斯科的大剧院上演，轰动了街巷，直抵时代之痒和人心深处。

可是，契诃夫的肺病越来越严重了，多次咯血，到外地治疗了几次。他觉察到自己的时间不多了，抓紧写出戏剧《樱桃园》，最后一次回到梅利霍沃庄园时，在小戏台试演了一回，农民们和他依依不舍，因为他不得不卖掉庄园换钱治病。后来，他住到了气候温暖的雅尔塔。他离世后，妹妹玛利亚极有远见，将这个庄园重新买了回来，恢复了过去的陈设，她一直在这里守护，活了 94 岁。

（选自《作家文摘》第 2219 期）

第二辑

浪漫足迹

李白笔下的九省通衢

◎ 易之

今天的人们，对“九省通衢”的概念不太有直观的体会。四通八达，是种什么体验？李白可能比较适合解答这个问题。

李白不仅喜欢写诗，还喜欢送诗。谁来到了自己的城市，谁明天就要去远方，他就像个短信提示，定点准时送一首诗。通过这些，就能看出一个地方的地理格局。比如定位武汉，李白在这里写过《送孟浩然之广陵》。此外，他在这里还写过：《江夏送林公上人游衡岳序》，一位僧侣要去衡山；《送黄钟之鄱阳谒张使君序》，这位要去鄱阳，在今天的江西；《峨眉山月歌送蜀僧晏入中京》，这位要去京城长安，进京方向；《暮春江夏送张祖监丞之东都序》，这位去的是洛阳；《送张舍人之江东》，这位去的是江南；《博平郑太守自庐山千里相寻入江夏北市门见访却之武陵立马赠别》，题目看着有点复杂，看前面几个字大概就明白了，郑太守从庐山千里来寻他，看着就有点感人。

列了几首，看着李白迎来送往，大概就知道九省通衢是个什么概念了。在没有高铁飞机的时代，大家东南西北地一通跑，都要从这里过一下。

武汉，作为九省通衢，有一个抽象评价：武昌之地，襟带江、沔，依阻湖山。左控庐、淝，右连襄、汉，南北二涂，有如绳直。

这段话看着就有点儿燃，读起来就有一种仿佛自己是诸葛亮，正在隆中对的感觉。大意就是，长江、沔水、汉水、淝水，都在辐射范围内，南北之间，被这里拉成了一条直线。所以，去哪的人，都容易在这里遇见李白。正是这样的地位，这里有过文人吟咏，士人辗转，商贾辐辏，光华璀璨。无论是唐诗还是宋词，这个地方都绕不过去的，这里也是文化里的九省通衢。从疫情发生之初直到今天，都偶有来自这片土地的人被歧视的新闻，这让人看了不是滋味。有诗的地方，就是有文化的地方，有文化的地方，就是有尊严的地方。安顿过王维、孟浩然、李白的地方，在这里生活过的人们，应该有“兴酣落笔摇五岳，诗成笑傲凌沧洲”的傲气。

李白和他的朋友们，都没绕开过武汉，其实今天的人们何尝不是？

（选自《作家文摘》第 2317 期）

川沙，胡适的第二个家

◎ 潘建龙

浦东川沙城内有一处文物保护单位——清末江南民居内史第。这里有着极为丰厚的人文内涵。清代著名藏书家沈树镛、近代著名教育家黄炎培都从这里走出；1894 年起，宋氏家族也在此租居长达 10 年；东厢房还辟有胡适求学时居住的房间。

人生中第一个驿站

胡适的故乡在徽州小镇绩溪，先祖以小本经营为生，族中父兄子弟常在上海、南京一代经商。胡适在其自传中说：

> 我家一百五十年前，原是一家小茶商。祖先中的一支，曾在上海附近一个叫做川沙的小镇，经营一家小茶叶店。先祖和他的长兄通力合作，不但发展了本店，同时为了防止别人在本埠竞争，他们居然在川沙镇上，又开了一家支店。后来他们又从川沙本店拨款，在上海华界（城区）又开了一个支店。

时光上溯至 100 年前的 1917 年 7 月 10 日。那日上午 11 时，留美 7 年、取得博士学位的胡适在上海十六铺码头踏上了祖国的土地。第二日下午，还未洗去漂洋过海的劳顿，他就从十六铺码头搭上驶往川沙的小火轮班船。

究竟出于一种什么样的感情，使他在去国7年后，回国第二天就要急匆匆赶往川沙？从他的自传中，我们可找到并不圆满的答案——

> 我生于光绪十七年（1891）十一月十七日。那时我家寄住在上海大东门外。我生后两个月，我父亲被台湾巡抚邵友濂奏调往台湾。
>
> 江苏巡抚奏请免调，没有效果。我父亲于十八年二月底往台湾。我母亲和我搬到川沙住了一年。

撰文颂扬川沙名人杨斯盛

光绪十八年（1892），胡适离开川沙，随母亲到台湾父亲的任所。1895年，甲午战争后的第二年，在父亲胡传的安排下，胡适和母亲随叔父回到了绩溪老家；半年以后，胡传在厦门病逝。1904年2月，胡适跟随三哥又来到上海求学。

在上海求学生活六年，每逢节假日或寒暑假期，胡适就会乘坐小火轮前往川沙的茶庄小住，川沙就是他的第二个家。

据徐文昶《川沙钩沉》记载，胡适先祖在川沙的茶庄始自乾隆年间，茶庄名为“胡万和”，意为“万事和为兴”。胡传16岁来到川沙，先在“胡万和”经商，同时专心学业，考中科举。到了胡适这一辈，“胡万和”由他的二哥照管。胡传去世后，“胡万和”的收入就成了一家四房老幼20多人的衣食来源；胡适读书期间的吃穿用度也取自于此。

光绪三十四年（1908年），16岁的胡适在《竞业旬报》第34期上发表了颂扬上海近代建筑业翘楚、川沙人杨斯盛的文章。他在这篇题为《中国第一伟人杨斯盛传》的文章中称颂杨斯盛发达后不忘幼年失学之苦而“破家兴学”，先后创办了广明小学（附设师范讲习所）与浦东中学。

这位杨斯盛或许正是少年胡适心中的楷模，甚至不吝将他推至“中国第一伟人”的高度。25年后的1933年，胡适依然没有忘记这位川沙人，他为浦东中学题词时写道：

> 杨公发愿为国家造人材，诸位同学应该发愿把自己铸造成器。

婚后常携夫人前往川沙

1917年7月11日傍晚，华灯初上，胡适在乘坐的小火轮停靠西门码头后，住进了“胡万和”茶庄。此时的胡适，已经不是昔日往来于上海与川沙间的青年学生。半年前（1917年1月）他在《新青年》上发表《文学改良刍议》，由此声名鹊起，此时的他已成为新文化运动的主将。

在拜访老邻居、走入内史第、整理了父亲的遗物后，胡适最想回安徽绩溪老家探望久别的母亲，8月底还要按期赶至北大履职（此前已经收到了陈独秀邀请他担任北京大学教授的信函）。阅读朱洪著的《努力人生》，也许可以从另一个侧面了解胡适此次川沙之行：

> 拣茶叶的女工一天拣到晚，只能得五六十钱至两百钱。店里的伙计每天十六七个小时，一个月只拿两块钱。胡适感叹：他们的生命真不值钱，自己到北大任教，少说两百多元，是他们的一百倍呢。

来去匆匆，怀着对女工和伙计的同情，胡适不得不告别川沙。不过他并没有走远，反而更加系紧了与川沙不能分离的乡情纽带。

一年后的6月19日晚上，蒋梦麟带着一位客人来到了胡适位于北京的家中。一问，方知是江苏教育总会会长黄炎培。听说黄炎培第二天将前往东三省，胡适说："先君曾在吉林做官，又到边界上勘界。"黄问其父名字。胡适说单名一个"传"字。黄大惊道："原来令先君就是'铁花'（胡传字铁花）老伯！"胡适这才知道黄父与其父曾同在一处为官，两家原来是世交。

黄炎培说，常听父亲说起胡传的学问和才气，又说铁花老伯应该有适之兄这样的后人。次日，胡适在给母亲的信中颇有些得意：

> 我在外面人家只知道我是胡适，没有人知道我是某人的儿子。今次忽闻此言，觉得我还不致玷辱先人的名誉。

这以后，胡适和黄炎培在办学和《申报》稿约以及美国学者杜威访华等事情上，一直保持着书信往来。

胡适始终牵挂着川沙。婚后多次携夫人江冬秀前往川沙。

（选自《作家文摘》第2103期）

帕慕克路过滇池路

◎ 沈琦华

早些年，某著名作家独自行走在上海的外滩，忽然间被落日余晖下的一条小马路所震撼，幽暗深邃中恍如一脚踏入了自己欧亚混血的故乡伊斯坦布尔。叹为观止之余，他牢牢记住了这条马路的名字。他在之后的采访中说这条马路是他在上海捕捉到的最迷人的细节，是外滩的神来之笔。这条小马路就是滇池路。

滇池路东起中山东一路，经圆明园路、四川中路，西迄江西中路。这条短短的马路辟筑于 1899 年，因英商仁记洋行迁至此路西端而得名“仁记路”，1943 年改今名。资料显示，民国时期的中国银行、中央信托局就开设于此。此外，上海国民银行、中孚银行、上海工业银行等都在此设立营业机构，故有“中国的华尔街”之称。

滇池路东段夹在和平饭店大楼和中国银行大楼之间。和平饭店建筑外墙用花岗石砌筑，中国银行大楼整个外墙则镶以平整的金山石，在垂直线条阴影的笼罩下，步入滇池路，整个视线就被一幢幢异军突起的大楼填满。滇池路 100 号的仁记洋行大楼与滇池路 120 号的原英商业广地产有限公司大楼，是典型的安妮女王时期建筑风格；滇池路 81—85 号，原上海国民银行曾设立于此，为欧式古典主义建筑风格；滇池路 97—103 号的中孚银行大楼，则是 7 层钢筋混凝土建筑。滇池路以十足名门望族人家的笔触，把外滩的典雅描摹得淋漓尽致。

那位顺手拈出滇池路的作家叫奥尔罕·帕慕克，是 2006 年诺贝尔文学奖得主。作家是细节的捕手，2008 年，他游览了上海，就在那年，出版了他最柔情的小说《纯真博物馆》。帕慕克常说爱情是人生的细节。在创作《纯真博物馆》的同时，帕慕克竟也建了一家纯真博物馆。小说里痴情的主人公在博物馆里保存着他收集的心上人摸过的所有物品，帕慕克在现实中还原了这些人生中爱情的痕迹：盐瓶、小狗摆设、顶针、笔、发卡、烟灰缸、耳坠、纸牌、钥匙、扇子、香水瓶、手帕、胸针……甚至她吸过的 4213 个烟蒂。

那年帕慕克偶然走进了滇池路，看到了这座城市的淡定从容，他应该会想起自己建在伊斯坦布尔的纯真博物馆，深邃的历史化成了触手可及的细节。“睹物思人”，一切的细节把牵绊着的点点时光都收来织梦。

（选自《作家文摘》第 2323 期）

中国古典爱情地图

◎ 王京雪

山水不言，建筑不语。但属于古典爱情的老地方依然有人来人往，只因这里的一草一木一砖一瓦都有故事。

山西普救寺：张生和崔莺莺

这座院内立着巨大同心锁、能买到玫瑰花的“不务正业”的古寺，位于山西省永济市蒲州镇，是元杂剧扛鼎之作《西厢记》的故事发生地。

张生和崔莺莺二人在这座寺院中演绎了隔墙联诗、月下弹琴、红娘传书、西厢幽会等旖旎风流事。普救寺成就了张生和崔莺莺的爱情，也因他们的爱情而恒久生动。

今天，寺中游人最多之处不是佛殿，而是崔莺莺一家的居所“梨花深院”，佛寺中的舍利塔也被更名为“莺莺塔”。

江西牡丹亭：杜丽娘和柳梦梅

同样是才子佳人的故事，明代剧作家汤显祖将《牡丹亭》里的爱情发生地放在了位于今江西省赣州市大余县的南安府衙后花园，那里有“亭台六七座，秋千一两架。绕的流觞曲水，面着太湖山石。名花异草，委实华丽”。

园中的牡丹亭从光绪元年（1875）到民国七年（1918）修葺过六次，但最终毁于战火。上世纪 80 年代，巴金、曹禺、冰心、艾青、刘海粟、关山月等文艺界人士纷纷签名呼吁重建，大余县后来在县城东南角上重修了一座“牡丹亭公园”，还原杜丽娘与柳梦梅相恋的明代园林景观，近年颇受游客青睐。

浙江沈园：陆游和唐婉

1151 年春，浙江绍兴，南宋诗人陆游独自游览沈园，偶遇 10 年前在母命难违下被迫休弃的原配妻子唐婉和其改嫁后的丈夫赵士程。唐婉征得丈夫同意后，差人给陆游送来酒菜，陆游心生怅然，在沈园的墙上写下《钗头凤》，黯然离去。据说，唐婉也和了一首《钗头凤》，并在这次相遇后不久忧郁而终。

陆游晚年隐居于故乡，曾一再重游沈园，留下许多诗作。可以说，因为陆游与唐婉，绍兴沈园才得以历千年而名不衰，成为绍兴唯一保存至今的宋式园林。

江苏沧浪亭：沈复和陈芸

清代沈复与妻子陈芸——林语堂眼中“中国文学及中国历史上一个最可爱的女人”——恬淡而充满情趣的生活，也与一座宋代园林有关。那就是苏州现存历史最悠久，始建于北宋的古代园林沧浪亭。

《浮生六记》中，这对夫妻家住沧浪亭畔爱莲居西间壁。

土山之巅的方亭内，陈芸环望炊烟四起、晚霞灿然，快活无比，从此渴望与丈夫找一个这样的地方居住，过菜园十亩、君画我绣的生活，“布衣菜饭，可乐终身”。

后来，“不守闺训”的陈芸不被公公喜爱，沈复也被斥为“不思习上”，夫妻俩被逐出家门，颠沛流离而始终相濡以沫。只是，离家不到三年，陈芸带着遗憾病逝，弥留之际，与沈复泪别，还在憧憬：“若布衣暖，菜饭饱，一室雍雍，优游泉石，如沧浪亭、萧爽楼之处境，真成烟火神仙矣。”

杭州西湖：许仙和白娘子

说起江南的古典爱情，杭州这座城市必须有姓名。传说，白娘子和许仙就是相识于西湖白堤东端的断桥。之后，才有了同船躲雨、借伞定情乃至水漫金山的故事。

在西湖东南角某处，还有座与梁祝有关的长桥，传说是梁山伯与祝英台十八相送的地方。

安徽小吏港：焦仲卿和刘兰芝

楚霸王项羽英雄末路，后人推断，虞姬随后为不拖累项羽自刎于楚营，霸王别姬的故事由此流传。南宋地理志《方舆胜览》中写到虞姬冢的情况，说相传定远葬其首，灵璧葬其身。

如今，位于安徽省宿州市灵璧县的虞姬墓已建成国家4A级景区，位于滁州市定远县的虞姬墓消息则少得多，可以一提的是苏轼在此留下了《濠州七绝》中的《虞姬墓》。

中国文学史上著名长篇叙事诗《孔雀东南飞》的故事也发生在安徽。今天，安徽的怀宁县有古镇小吏港，县志称“以汉庐江小吏焦仲卿得名”。镇中还有始建于唐，纪念焦仲卿、刘兰芝爱情的孔雀台。小吏港西岸一河之隔，是潜山县的焦家畈，当地人说那是焦仲卿的故乡。

四川文君街：卓文君和司马相如

西南地区最著名的古典爱情故事，属于卓文君和司马相如。

在今天的成都，有一条纪念司马相如和卓文君的仿古街“琴台路”，这里是当地的珠宝一条街，有人说这就是司马相如弹琴处，但从史书上看，文君故里，即成都下辖县级市邛崃，更可能是相如与文君初遇的地方。那里的文君街上有口古井“文君井”，相传是卓文君取水酿酒之地。1957 年，郭沫若曾为此井题名。

陕西长安城：刘询和许平君

在陕西西安，华清宫中熙熙攘攘的游人，来此多半冲的是唐玄宗和杨玉环。其实西安市东南的杜陵南园也藏着一个帝王的爱情，那是原名刘病已的汉宣帝刘询“南园遗爱”的故事。

生为汉武帝刘彻曾孙，刘病已出生没几月，父母就因巫蛊之祸含冤而去，还在襁褓中的他也被收入狱中，后逢宽赦，又被送到祖母家在民间养大，娶了小吏之女许平君为妻。

刘病已 18 岁时，王朝后继无人，权臣霍光选来选去，把他拥上皇位，改名刘询。朝臣们都让刘询立霍光之女为皇后，刘询却下了一道奇怪的诏书，寻找一把自己贫贱时用过的旧剑。群臣领会了他的意思，请立许平君为后，中文词库里也多了一个描述结发夫妻不离弃的成语：故剑情深。

许平君为后三年被霍光妻子买通女医毒害，刘询将她葬于现在的杜陵南园。杜陵一带地势高便于览胜，刘询年轻时常在这里游玩，到了唐代，诗人李商隐也在一个心情抑郁的傍晚乘车来此，写下那句“夕阳无限好，只是近黄昏”。

广东孤山：苏轼和朝云

北宋文豪苏轼，将他的侍妾和知己王朝云葬在惠州孤山，留下这样的挽联：

不合时宜，唯有朝云能识我。
独弹古调，每逢暮雨倍思卿。

宋人在笔记中记录，苏轼曾摸着肚子问身边的人他肚里有什么，有人说是文章，有人说是见识，只有朝云说他是“一肚皮不入时宜”。年近花甲时，苏轼被贬岭南，家中妻子已逝，姬妾相继辞去，“独朝云者随予南迁”。

（选自《作家文摘》第 2211 期）

马克思在卡罗维发利

◎ 袁念琪

温泉小镇

捷克小镇卡罗维发利 Karlovy Vary，简称 KV 小镇，因温泉出名，又叫温泉小镇。

其名字由来颇具传奇：14 世纪时，德意志国王、神圣罗马帝国皇帝查理四世在此打中一鹿，鹿带伤而逃，查理追鹿见温泉，遂命名“卡罗维发利”，即查理温泉。

奔腾而过的泰普拉河，把这山坳里的小镇一划为二。沿河右岸进镇，已开发的 79 眼温泉中最著名的 12 眼多在这边。泉水源自地下 2000 多米，每眼温度不同，富含矿物质，对疾病具有疗效。

几百年来，奔温泉而来的人，不只为了泡，更为了饮。想起米兰·昆德拉小说《为了告别的聚会》中的矿泉疗养镇，还有来治不孕的。

路边一个个售货亭里，摆挂着造型各异、图案多样的瓷杯。杯为喝泉而制，在空心把手上端伸出个吸水口。世界各地的人们来到这里，有逢泉必喝，还有灌泉带回；到处是拿杯喝泉水的。

为便于人们喝，在温泉口建造型精致、风格迥异的温泉回廊，内有龙头供人饮用泉水。有白色铸铁的萨多瓦温泉回廊，市场温泉回廊是传说中查理四世发现温泉之处。

这里还有马克思像。马克思像坐北朝南，正午后的阳光，一束束穿过树梢，光柱直射而下。穿西装的马克思披肩而坐，黑色座基上刻着他的姓名，下有三排数：1874、1875、1876，是他来这里的年份。当时，此地叫卡尔斯巴德。

疗养中的马克思

戴维·麦克莱伦在《马克思传》里写道："在他生命的最后十年中，为了寻求身体的健康，他不得不从一个疗养点到另一个疗养点。"不治好病就无法写作和工作，用马克思的话来说，这"对于任何一个不愿意当牲畜的人来说，事实上等于宣判死刑"。

1865年底，马克思写就《资本论》的全部草稿，又对草稿从头至尾进行反复的修改、定稿工作。1867年，《资本论》第一卷出版。按计划着手二、三卷的修改并做法译本，可身体状况令他难以工作：越来越严重的失眠，还有肝部肿大。他接受他信赖的医生龚佩尔特的强烈建议：去KV小镇，那里的泉水对他有帮助。

1874年8月19日，马克思第一次到此，女儿爱琳娜陪伴。住城堡街日耳曼尼亚旅馆，由第一国际会员路德维希·库格曼安排，他也是医生。他与马克思的通信被列宁看中，"全部汇集起来印成单行本出版，目的是想使俄国读者更好地了解马克思和马克思主义"。

马克思化名登记入住："我是用伦敦的'食利者'查理·马

克思这个名义登记的。这个‘食利者’带来的后果是，我必须替自己，还要替爱琳娜向可敬的市财库交双份疗养税，然而却消除了我是恶名昭著的卡尔·马克思的嫌疑。”他自嘲这掩护是“为了保持显贵的外表，这样做是有利的，也许甚至是必要的”。

在这里，马克思认真接受治疗。他告诉恩格斯：“早晨六点到各自的矿泉去，在那里我必须喝七杯水。每喝完一杯就休息十五分钟，在这段时间里可以来回散散步；喝完最后一杯以后，散步一个来小时，最后喝咖啡。晚上临睡以前，还要喝一杯凉水。”他觉得，“我自己感到好一些，不过仍旧没有摆脱失眠。”他羡慕女儿每天能喝一杯比尔森啤酒。

马克思心情不错，“在绿树成林的花岗石山上散步，是不会感到厌倦的。然而，树林中没有一只鸟。鸟儿是健康的，因而不喜欢矿泉的水蒸气”。对引人注目的过路者，他爱起诙谐的绰号。在下午和晚上，他与人聊天。爱琳娜说，他与画家奥托·克尼勒和记者西蒙·多伊奇最投机。

一个月后，他体重减四磅，自己摸到肝肿大已消失。“我相信我在卡尔斯巴德已经最终达到了自己的目的，至少能维持一年。”

在这里过得无忧无虑

疗养得到了恩格斯的经济支持。马克思在 9 月 1 日给恩格斯的信中说：“我可能要在卡尔斯巴德待五个星期。”但计划发生变化——没达到恩格斯希望的治疗到医生叫停为止，8 月底，马克思的身份被维也纳《喷泉报》披露：“国际的多年的领袖马克思和俄国虚无主义者的首领，即波兰拉特伯爵，一起到卡尔斯巴德疗养来了。”马克思于9月21日离开。

之后的1875年、1876年，马克思又到KV小镇，仍住原旅馆。第二次，1875年8月15日来，到9月11日独自离开；警察对他秘密监视。

因“对我的治疗也起了非常良好的作用”的库格曼不在，马克思自当医生，每天安排户外活动至少12个小时，喝泉水后去山林发现新风景。他说：“由于我不太善于辨别方向，遇到很多意外的事。”他没说何事，只在到这里的第六天，写信给恩格斯细述当地俚俗及来时见闻，有酒花藤饭店里小市民对比尔森啤酒、民酿啤酒和厂造啤酒的争论，火车上一滑头滑脑小犹太商诉说被骗1700英镑，与在伦敦被车轧死运回家葬的死人同船，还与神父在德国境内用英语谈文化斗争……

1876年8月11日，马克思与爱琳娜动身，第三次到KV小镇，自8月15日住到9月15日。马克思夫人燕妮对朋友约翰·菲利普·贝克尔说：“这次旅行花费很大，限于疗养，放弃一切额外的旅行。”马克思写信告诉女儿燕妮·龙格：“我们在这里过得无忧无虑，无所用心，这也正是治疗获得成功所必需的。”他结交了不少新朋友，多是德国大学教授和博士。他说：“到处都用同一个问题折磨人：您对于瓦格纳的看法怎样？”只因瓦格纳正在拜罗伊特上演大型组歌剧《尼伯龙根的指环》。

在KV小镇连续三年、每回一个多月的喝泉疗养，有助于马克思的健康和他《资本论》二、三卷的修订。他本计划1877年再去，但听说奥地利政府会阻挠而弃。

（选自《作家文摘》第2333期）

契克斯庄园记录英国首相“疗伤史”

◎ 纪双城

英国作家帕克斯曼说：“在英国人的脑海里，英国的灵魂在乡村。”对于英国首相来说，契克斯庄园或许就是让自己可以暂时远离尘嚣的好地方。事实上，这里的确留下了不少英国首相的“疗伤史”。

曾是战地医院

契克斯庄园的历史可以以 1921 年作为分界线。在 1921 年之后，它成为英国首相的官方乡间别墅。而在 1921 年之前，它在历史上几次易主，经历过英国的政治风雨。

契克斯庄园的名字据说是来自是 16 世纪 60 年代当地的第一个居住者。让契克斯庄园第一次走进英国政治词典的事件，是英国女王伊丽莎白一世以“未经家人批准就嫁人”的理由，将英王亨利八世的曾孙女玛丽·格蕾监禁于此。

不过契克斯庄园作为政治监狱的历史并不长，在 19 世纪，这里作为私宅迎来多位主人。在 1832 年，英国首相的亲兄弟、外交官乔治·罗素委托建筑师将这里原先的都铎风格的镶板和窗户全部拆换，将室内改装成现代哥特式风格。

到了 19 世纪末期，这里的主人变成保守党政治家亚瑟·李，而他的家族又把庄园重新装修回了伊丽莎白时代风格。一战时，他的家族同意将这里暂时改为战地医院，收治伤员。战后，因为亚瑟·李没有子嗣，他决定将这处庄园留给国家，指定捐给首相作为官方别墅。

首相在此“假度假”

在 1917 年，英国议会就通过了《契克斯庄园法案》，明确契克斯庄园供在任首相度假使用。但事实上，住在里面的首相多数时候只能是“假度假”，或者说是“在家办公”模式，这也让这处庄园记录下许多历史瞬间。

1923 年 12 月，时任保守党首相鲍德温执意提前大选，结果弄巧成拙令自己沦为国会下院少数派政党领袖。郁郁寡欢的这位首相当时就是在契克斯庄园闭门谢客。1939 年，另外一位保守党首相张伯伦，因为担心与纳粹德国签署的《慕尼黑条约》随时面临瓦解，每日紧张地在契克斯庄园里踱步。

1941 年，时任保守党首相丘吉尔在这里会见美国总统特使时，得知日本偷袭珍珠港的消息。1956 年 10 月，当时的保守党首相安东尼·艾登在闭门不出数日之后，想出了邀请以色列进攻埃及的主意，最终因为苏伊士运河危机丢掉了自己的首相宝座。

冷战时代，在 1984 年，撒切尔夫人担任英国首相时，曾在这里接待时任美国总统里根和苏联领导人戈尔巴乔夫。接替她的首相梅杰对于契克斯庄园的回忆要稍稍有趣一些，至少他还记得自己在庄园里款待来访的俄罗斯总统叶利钦时，看到对方喝得酩酊大醉的样子。

英国因为与美国的特殊盟友关系，长期被看作是跨大西洋两岸关系的桥梁。而在英国首相们看来，契克斯庄园算得上是桥头堡。在上世纪 50 年代，保守党首相麦克米伦在这里主持了旨在确保英国作为制衡美欧关系中坚力量的秘密峰会。“无论发生什么，我们都不能让自己感到必须要在美国与欧洲之间做出选择”，这位首相相信，“契克斯庄园总能等到另一种结论。”

按照契克斯庄园的传统，在乡间别墅的会晤气氛可以更加轻松，见面者可以不受外交礼节的拘泥，在宽松的环境中坦诚交换意见。

首相们都喜欢这里

很少有英国首相在向契克斯庄园最后挥别时会对它有抱怨之词。在二战初期，首相丘吉尔曾一度不愿意搬到契克斯庄园居住，宁愿留在伦敦市区的战时住所。但后来，他也爱上了这里，在这里面对世界发表了大量广播讲话。首相梅杰的夫人诺玛也对这里情有独钟，甚至为这个庄园专门写了一本书。

对于这些首相来说，契克斯庄园一方面记录了他们“有苦说不出”的心痛经历，另一方面也留下了他们作为普通人的美好回忆。像是上世纪 40 年代中后期的工党首相艾德礼就曾在这里举办过孩子们的大聚会。另一位工党首相卡拉汉也很习惯在这里和家人一起庆祝圣诞新年的到来。

对于契克斯庄园的喜爱，甚至还令英国政界有一条不成文的规矩：就算是在大选中获胜，新任首相可以立刻入住唐宁街十号，但契克斯庄园一定要给落败的前任留上几天。

（选自《作家文摘》第 2328 期）

国会山旁的莎翁

◎ 金悦磊

位于美国首都华盛顿哥伦比亚特区的福尔杰－莎士比亚图书馆，据说是世界上收藏有莎士比亚相关书籍、手稿、艺术品和文物最多的图书馆，被列入美国《国家史迹名录》。

这栋私人图书馆坐落在国会大街上，有着新古典主义外观：白色的大理石外墙，装饰有莎士比亚浅浮雕，刻有莎士比亚名言的铭文，为这片政治重地注入了一丝柔和的古典文艺气息。

1857 年，该馆创始人亨利·福尔杰出生于纽约。1879 年春，当他还是马萨诸塞州阿默斯特大学 4 年级学生的时候，出席了著名思想家、诗人爱默生的演讲会，此后便开始阅读爱默生的著作。后来，福尔杰受到爱默生在纪念莎士比亚诞辰 300 周年（1864）时所写的演讲论文的激励，购买了莎士比亚全集，成为了一名莎士比亚的崇拜者。

大学毕业后，福尔杰进入了标准石油公司工作，后来就任该公司经理。当时已成为社会名流的他，对莎士比亚的热情没有减退。而福尔杰夫人艾米丽恰巧也是一位莎士比亚迷，她的硕士论文就是以研究莎士比亚手稿为主题。

这对莎士比亚爱好者夫妻开始热衷于收集莎士比亚等著名作家的珍本。到 1929 年的约 40 年间，这对夫妻一直都亲手清点、编录、包装其收集的古书。修建一个图书馆来存放他们有关莎士比亚收藏的想法也酝酿了很久。

福尔杰夫妇原先曾考虑将图书馆建在莎士比亚的家乡英国斯特拉福德，但最后还是决定将其落户华盛顿。据说，这不仅是因为华盛顿是福尔杰夫人少女时代生活的地方，更是因为这对夫妇认为应该将图书馆建在方便人们来拜访的地方。

遗憾的是，1930 年 6 月，在图书馆举行奠基仪式后不久，福尔杰先生便逝世了，没能亲眼见证图书馆的竣工。图书馆最终于 1932 年 4 月 23 日正式落成开放，当天也是莎士比亚诞辰纪念日。

图书馆的主展厅每年举办两到三次展览，而常设展示《第一对开本》是莎士比亚戏剧合集的第一部完整版，于 1623 年出版，时至今日大约留存下来 233 本，而其中有 82 本在福尔杰 - 莎士比亚图书馆。对于莎翁迷来说无疑是无价之宝。

一楼主展厅的尽头有一座小型剧院，其风格也是模仿莎士比亚时代的剧场。每年秋天，这里会上演很多莎士比亚戏剧，颇为热闹。舞台中央的天花板上画着一只白色独角兽，下面印着莎翁的名言：“整个世界都是舞台，世上的男男女女只不过是演员。”

（选自《作家文摘》第 2279 期）

情定后花园

◎ 周冉

花园式爱情

“妾弄青梅凭短墙，君骑白马傍垂杨。墙头马上遥相顾，一见知君即断肠。”

公元 838 年，唐代诗人白居易写下一首讲述后花园秘辛的长篇叙事诗，名《井底引银瓶》。这首诗以一位弃妇的口吻，讲述了她与丈夫隔墙相识、花园定情、趁夜私奔、隐居七年，直到被对方父亲发现后轰出家门，无家可归的悲剧经历。

元代初年，杂剧作家白朴注意到这首诗，将它改编成元杂剧《墙头马上》。剧中男女不仅定情花园，从花园私奔，还隐居花园七年，是一段典型的后花园式爱情传奇。

纵观文学史，爱情萌发的场所随时代演变而有不同。后花园一直是青年男女萌发爱情的最优地点，因为随着封建社会发展的日臻成熟，礼教思想对民众的束缚加剧，贵族或富裕家庭女性的活动区域被严格禁锢在家庭范围内，难得与外界接触。她们的爱情不可能如《诗经》中所写，发生在田间、河畔或是山林中，最有可能放飞自我的场所，即为私家花园。《牡丹亭》中的大部分情节都发生在花园里。《西厢记》里张生和崔莺莺相逢在普救寺的园林，而在崔府后花园定情。花园式爱情，在戏剧文学史上红火了几百年。

是爱的翅膀带我飞跃高墙

私家花园是中国文人梦想中的乌托邦，它既真实存在，又超乎现实。这一点在历史上有迹可循，古代宫苑建造之初就有“通天”的功能，秦宫为“象天建筑”，汉宫造有“候神台”“望仙台”。宫苑建筑一出世就附带了超世的想象，传统宫廷花园的一池三山，即为太液池和传说中海上的蓬莱、方丈、瀛洲。

唐传奇《游仙窟》是一部充满奇幻色彩的情爱奇遇故事，反映了唐初文人的轻佻狎妓生活。故事以自叙体形式，写作者奉使河源，人困马乏夜宿神仙窟。由女子引导下投宿崔府，与美貌佳人崔十娘在崔府后花园宴饮欢歌，二人赋诗赞颂了宴饮的花园景色：

两岁梅花匝，三春柳色繁。
何须杏树岭，即是桃花源。

在表现现实题材的戏曲中，后花园是青年男女偷食禁果的最合理场所。花园中有山水花草，有亭台楼阁，有矮墙角门，每一处景物都有其独立的文化意蕴。墙内花园草长莺飞，闺中的年轻女子也随之春心荡漾，这种设置很文学化和理想化。有趣的是，西方戏剧里的青年男女幽会场景如出一辙，只是把花园换成了面积更小、视觉效果更集中的阳台。

金陵名园和沈氏私园

《桃花扇》的故事脱离了一般才子佳人的杯中波澜，更多展现了国破家亡的大背景，貌美的李香君不仅有诗词才情，更具备女子少有的见识与政治节操。

剧中的明末金陵盛景，有秦淮河畔风月，有各色人等面孔，也有令普通人咋舌的贵族园林生活。作为一部以男女之情为主线的戏曲剧本，它同样逃不过花园隐喻的叙述模式，其中描述的金陵名园，喧嚣奢靡，肆无忌惮，充满了末世狂欢意味。

《桃花扇》可谓明末戏曲舞台上的扛鼎之作，此后伴随着北方皇家园林的兴盛，士人园林生活对戏曲的主导作用逐渐减弱，南北戏曲此消彼长，昆曲再无巅峰之作。

天下园林众多，大多以叠石高超、造景独到而闻名。位于浙江绍兴的沈园则不然，沈氏的私家园林，在绍兴禹迹寺南，宋时池台极盛，但今天看来并无出彩之处。许多人慕名而来，寻找的也不是山石奇景，丛林鸟鸣，而是一系列沈园题诗。

题诗中最著名的自然是《钗头凤》。“钗头凤”是陆游取自唐五代时的《撷芳词》中“都如梦，何曾共，可怜孤似钗头凤”而来，词分上阕和下阕，字词间饱含对爱情的缅怀和痛苦之情。陆游与妻子唐婉的爱情也因此流传。

这段爱情故事与《孔雀东南飞》非常相似，后世有不少质疑其真实性的声音。陆游家住斜桥中正街，距离沈园仅四五里路，因而常至此地，曾有“路近城南已怕行，沈家园里更伤情”的诗句。他一生所作关于沈园的诗，有迹可循的多达7首，此外还有不少内容是悼念前妻，但这些诗并没有点出唐婉的名字，只是后人根据时间推测，罗列细节猜想得出的结论。

陆游与唐婉的爱情传奇或许经不起细细推敲和考据，后人大多采取不穷究的态度，因为多情长情的诗人陆游更有血有肉，更符合一些人的心理期待。

（选自《作家文摘》第 2329 期）

“赌王”的澳门地标

何鸿燊是澳门举足轻重的人物。自1961年，一举拿下澳门赌场独家专营权，此后独揽赌权40年，一步步夯实自己“赌王”的地位。至2019年，其控制资产最高达5000亿。在他的时代，称其为澳门教父并不为过，而其投资兴建的新葡京赌场酒店，则将持久地象征一代“赌王”铸造的澳门精神。

新葡京

新葡京是位于澳门葡京路端的一间赌场酒店，酒店正门向着嘉乐庇总督大桥（旧澳氹大桥），由何鸿燊耗资50亿元兴建，是澳门首间打造“七星级”的超奢华酒店，也是澳门最知名的地标建筑。在2011年，美国CNN从全球各个城市中评选地标建筑，新葡京入选世界20座最具标志性大楼。

项目由香港刘荣广伍振民建筑师事务所设计。建筑高261.4米，共48层，为澳门第一高楼。新葡京于2008年竣工启用，开幕当日，吸引了超过3万人市民和游客到场参观。

新葡京以“莲花出芽”为设计主题，造型华丽，结构大胆，象征澳门不断追求，努力向上的精神。同时，大楼建筑设计的灵感亦源自跳舞女郎佩戴的羽毛头饰，活泼多姿，象征澳门旅游娱乐事业的兴旺。新葡京底部的“万象球”，以金蛋为造型，内部设有公共休息室、赌场和酒店接待大厅；万象球的表面由120万粒LED组成，晚上可显示千变万化的图案和文字，散发缤纷迷人的色彩。

新葡京建筑的奇特形状，使其在坊间得名“莲花”“金蛋”与“菠萝”。

在新葡京竣工启用的揭幕典礼上，何鸿燊致词指出，1970年葡京酒店娱乐场在新填海区拔地而起，迅即成为澳门最重要的娱乐消闲中心，“新葡京”的开幕再次改写历史。“新葡京”除了是澳博的新旗舰外，更是澳门新地标。

主教山小教堂

从葡京娱乐场出来，沿着石子路往大三巴方向步行不久，就能看见一间中葡折衷风格的澳门葡文学校。学校的一砖一瓦都保留了传统的葡式花纹，几百年间，中葡文化在这片土地上水乳交融，孕育出独特的澳门文化。

“赌王”的第一任妻子黎婉华是澳门土生葡萄牙人，父亲是澳门有名的葡籍律师，祖先曾在葡萄牙担任高官。年轻时的黎婉华相貌气质出众，有“澳门第一美女”之称。黎婉华为赌王生有一男三女，为人低调，很少过问赌王感情的事，所生儿女也都没有入主“澳娱”。

黎婉华常年居住在位于主教山的半山区别墅，这里是澳门的高级住宅区之一。沿着国民大马路爬坡上来，这就来到一座天主教堂。主教山小教堂始建于1622年，是一座向航海者的保护神祈祷的天主教堂，每个星期天这里都会举行隆重的弥撒活动。教堂位于澳门半岛最高点之一的西望洋山上，站在教堂上瞭望，整个澳门半岛的旖旎风景尽收眼底。

火了 60 年的老字号

始于 1956 年的陈光记烧味饭店是澳门饮食文化的代表之一，在当地享有盛名。也是“赌王”何鸿燊从年轻时就唯一钟情的一家澳门烧腊店。

复古的门头，进店后发现满满澳门风元素，更让人诧异的是这排队盛况，一到饭点就十分忙碌，十几人在排队点单。

墙壁的一侧贴满了“陈光记”的起源与发展，一步一步用心烹调走到现在。澳门景点路标、霓虹灯的牌子、四周的澳门风景画报、店里播放着黄家驹的歌曲，每一处都刻画出了 TVB 元素。置身于其中，享受着地道美食。

他们家独创的黑椒烧鸭，火遍东南亚；只要是烧味的美食爱好者几乎无人不知晓，在 2016 年还被选入《米其林指南香港澳门》。

陈光记作为黑椒烧鸭的首创者，在食材选用上一直十分严格，鸭子必须四斤八两，皮肤还得白不能有任何疤痕。一盘黑椒烧鸭的制作过程高达 15 种工序，例如清洗后滤水、缝鸭、打气、风干等等，每一道工序都十分考究。但之所以陈光记家的黑椒烧鸭如此受欢迎，最重要的还是陈师傅的黑椒秘制酱汁。黑椒烧鸭的外皮又香又脆，肉皮之间完美衔接，看不见多余的油脂，夹起一块鸭肉入口，鸭皮和鸭肉一起汁水在口腔中迸发，刺激舌尖味蕾。“赌王”生前有三大最爱的美食，其中之一便是陈光记的黑椒烧鸭了。

（选自《作家文摘》第 2340 期）

在沃金小镇邂逅“火星人”

◎ 顾忆青

沃金是伦敦以西三十多公里外一座鲜有人问津的小镇，但对于许多科幻迷而言，这里可谓“圣地”。1895 年，“科幻之父”赫伯特·威尔斯在这里完成他最引人瞩目的代表作《时间机器》，并着手构思“世纪末寓言”《星际战争》。

科幻创作的灵感源泉

看完《星际战争》的读者都会对这座小镇记忆犹新，它不仅见证了人类与火星入侵者的初次邂逅，也是恐慌的人潮踏上逃亡之路的起点。多年后，威尔斯回忆起蛰居沃金的一年半时光，称其为“激动人心的冒险”。作为自行车爱好者，他常常“骑着车在沃金周边地区穿行，只为选取合适的地点和人物作为火星人摧毁的对象”。由此可见，这座小镇是威尔斯科幻创作的灵感源泉，而这部小说亦赋予沃金镇独一无二的文学意义。

从伦敦滑铁卢车站出发时，沿着那条逃亡之路逆向而行，回到故事的肇始之地。100 多年来，小说中的那些地名从未改变过。乔巴姆、彻特西、奥特肖、拜弗利特、莱瑟黑德……乃至海德公园的大理石拱门，一切都如此真切。

现代科幻文学诞生地

走出沃金火车站，不远便是威尔斯的故居——梅伯里路141号。这栋米黄色的英式排屋面朝铁道，看似和周围的屋舍并无差别，却因二楼外墙上的那块蓝色铭牌而显得格外特殊。铭牌上郑重地写着："幻想作家H.G.威尔斯曾在此生活工作（1895—1896）。"

从梅伯里路左转向北，穿过环岛一直走到彻特西路，出现的是一大片绿荫构筑的密林。周围空寂无人，唯有一座小小酒馆孑然矗立在路边，墙上挂着名曰"荒凉山庄边的沙地"的招牌。

如此命名不知是否有意而为，它的对面无疑就是霍斯尔公地入口。密林中杂草丛生，在一处高地背后，可以望见第一个火星圆筒坠落的那个"沙坑"。只见沙地中央是一湾浅滩，像是被重物砸出的大洞，几根残枝倾倒在水中，仿佛刚经受过天外来客的洗礼，显得一派荒颓。

沃金镇小镇繁华的广场中央上，高耸着一座形似三脚架的钢制雕塑，那正是小说中的火星巨怪。只见银色的盔甲在落日辉映下泛着闪闪金光。那深邃的头罩、耷拉的触手、弯曲的关节，简直与小说中的描写如出一辙，连身躯尺寸都一模一样。从一旁的铭牌得知，这尊雕像出自艺术家迈克尔·康德伦之手，创作于1998年，时值《星际战争》出版100周年，旨在纪念沃金镇作为现代科幻文学的诞生地。

文学生命不竭

《星际战争》诞生于世纪之交。这种“世纪末”的悲观情结在威尔斯许多同时期的作品中都有所体现，然而《星际战争》所开创的，是一种全新的灾难叙事，其背后既有帝国殖民扩张所潜藏的战火危机，亦有科学技术革新所颠覆的时空认知，字里行间充满着令人不安的矛盾冲突和悬疑气氛，却在出人意料的结尾中豁然开朗。

1938 年 10 月 30 日，美国哥伦比亚广播公司（CBS）水星剧场节目播出了由《星际战争》改编的广播剧。1953 年和 2005 年的两部同名科幻电影，先后荣膺奥斯卡最佳视觉效果奖和提名。1978 年，音乐家韦恩以小说为蓝本谱写的音乐唱片，取得 250 多万张的销量。这个火星侵略者的故事，在一场场跨媒介的演绎中不断丰富其思想内涵，又在一次次跨文化的重译中延展其文学生命。

（选自《作家文摘》第 2250 期）

中国送别地理

◎ 刘小草　郑泽浩

始自长安城

长安，盛唐的象征，如果要在送别诗的地图上画出一个闪亮的地标，必然是长安城。

箫声咽，秦娥梦断秦楼月。秦楼月，年年柳色，灞陵伤别。

乐游原上清秋节，咸阳古道音尘绝。音尘绝，西风残照，汉家陵阙。

这首《忆秦娥》中出现的“乐游原”“灞陵”等经典意象，几乎占据了后世送别诗的半壁江山。

“乐游原”是隋唐长安城的最高处，位于长安城东南的升平坊，也是汉宣帝杜陵所在地。这里植被茂密，地势高爽，达官显贵们多在此修筑别业，《西京记》曾载：“唐长安中，太平公主于原上置亭游赏。”

每年的正月晦日、三月三日、九月九日，长安市民都要结伴到乐游原登高祈福，当然也可以像李商隐一样，在傍晚心情烦躁时驱车登古原，细细体味“夕阳无限好，只是近黄昏”（《乐游原》）。关于“乐游原”的送别诗，最脍炙人口的莫过于白居易的成名作《赋得古原草送别》。

在乐游原登高远望后，人们选择在“灞桥”折下柳枝，赠予临行之人。灞桥是进出长安的东大门，相传是秦穆公称霸西戎时所修，较早的记录见于《三辅黄图》卷六：“灞桥，在长安东，跨水作桥。汉人送客至此桥，折柳赠别。”

折柳寄寓离情别意在唐朝蔚然成风，成为临行前的一种仪式。灞桥旁的柳枝也因此屡遭摧残，少有长枝拂地：“灞陵原上多离别，少有长条拂地垂。”（韩琮《杨柳枝词》）灞水上送往迎来，甚至一度造成交通堵塞：“送车盈灞上。”（王维《送熊九赴任安阳》）

“西出阳关无故人”

车马顺着咸阳古道一路向西，迎接离人的是北方的荒漠和雄踞西北的阳关：

> 渭城朝雨浥轻尘，客舍青青柳色新。
> 劝君更尽一杯酒，西出阳关无故人。

如果说送别诗能评出个“第一”，王维的《送元二使安西》必然榜上有名。这首诗经谱曲，改名《阳关三叠》，后又编入乐府，成为饯别名曲，历代广为流传。

阳关是汉武帝开河西四郡时建立的两座关口之一，位于甘肃省敦煌市西南，是交通枢纽，更是军事要塞。

驻扎边塞的诗人最爱描摹“阳关”，尤其是岑参，其诗中凡提及阳关者，几乎都寄托着思乡之情：“终日风与雪，连天沙复山。二年领公事，两度过阳关。”（《寄宇文判官》）“愁里难消日，归期尚隔年。阳关万里梦，知处杜陵田。”（《过酒泉忆杜陵别业》）

送别诗中的阳关，常常与“绝域”“尽天”等意向并行。如王维《送刘司直赴安西》：“绝域阳关道，胡沙与塞尘。三春时有雁，万里少行人。”刘长卿《送裴四判官赴河西军试》：“阳关望天尽，洮水令人愁。”

这些诗句构成了中国人对于“阳关”的集体想象——人烟稀少的天之尽头。在那里，友人远去的背影是孤独而萧瑟的，边地的厉风裹挟着黄土、风尘、沙砾，从字里行间扑面袭来。

宣和三年（1121）秋天，丈夫赵明诚为莱州守，李清照次年才与之团聚，途中行至昌乐，突遇大雨，夜宿旅店中，念及丈夫与家中姊妹，寂寞凄苦中写下《蝶恋花·泪湿罗衣脂粉满》：

> 泪湿罗衣脂粉满，四叠阳关，唱到千千遍。人道山长山又断，萧萧微雨闻孤馆。

对于离别之人来说，阳关在此已退却地理含义，而是充满哀伤与孤独的背景音。

在水一方

在南方，送别总与水有关。

在江苏，王昌龄被贬为江宁（今江苏南京）县丞，登芙蓉楼远眺长江，一再向故人剖白心迹：“洛阳亲友如相问，一片冰心在玉壶。”（《芙蓉楼送辛渐》）

同样可以眺望长江，湖北的黄鹤楼因为“诗仙”而名垂千古。李白送孟浩然至长江边，看轻舟已逝，想象扬州的繁华：“故人西辞黄鹤楼，烟花三月下扬州。孤帆远影碧空尽，唯见长江天际流。”（《黄鹤楼送孟浩然之广陵》）

在浙江，为林子方送行的杨万里，留下关于西湖六月胜景的美好记忆：“接天莲叶无穷碧，映日荷花别样红。”（《晓出净慈寺送林子方》）

在江西，被贬为江州司马的白居易“浔阳江头夜送客”，遇琵琶女引为知己，在人生的转折点感慨：“同是天涯沦落人，相逢何必曾相识。”（《琵琶行》）

在安徽，李白登临宣州谢朓楼送别李云，尽管人生的愤懑不如意如“抽刀断水水更流，举杯消愁愁更愁”，却选择以不羁而自信的态度应对“弃我去者”与“乱我心者”（《宣州谢朓楼饯别校书叔云》）。在泾县桃花潭边，他也曾致谢友人踏歌送行：“桃花潭水深千尺，不及汪伦送我情。”（《赠汪伦》）

再向前追溯，屈原的很多作品也都与水有关，在他歌咏河神的《九歌·河伯》中，诞生了“南浦”这一送别的经典意象：

子交手兮东行，送美人兮南浦。

“无为在歧路，儿女共沾巾”

相较于南方的诗意和细腻，北方地区的送别显得更为萧瑟苍凉。

在河北，有“风萧萧兮易水寒，壮士一去兮不复还”（《易水歌》）。在河南，高适安慰友人“莫愁前路无知己，天下谁人不识君”（《别董大》）。曹植则因曹彰暴死、曹丕手足相残而百感交集，“愤而成篇”写下“离别永无会，执手将何时？”（《赠白马王彪》）

在新疆，二次出塞的岑参送前任节度使元二使回京（长安），徘徊在“北风卷地百草折”的轮台东门，久久不肯离去，望着天山路被积雪缓慢覆盖，留下“山回路转不见君，雪上空留马行处”（《白雪歌送武判官归京》）的细腻回响。

北方广阔的平原地区，陆路交通远比水路发达，送别的诗歌中，反复出现的多是与路有关的意象：比如“歧路”与“离亭”。

站在人生的分别路口，有人泪满衣襟：“歧路相逢无可赠，老年空有泪沾衣。”（刘长卿《青溪口送人归岳州》）“忽此嗟歧路，还令泣素丝。”（韦应物《送李二归楚州》）王勃的《送杜少府之任蜀川》，却选择潇洒挥手，送上祝福：

城阙辅三秦，风烟望五津。
与君离别意，同是宦游人。
海内存知己，天涯若比邻。
无为在歧路，儿女共沾巾。

《西厢记》中，崔莺莺是在“长亭”送张生进京赶考，两人别情依依。“长亭送别”直至晚近仍然被反复使用。70 年前的李叔同，在为约翰·P.奥德威的《梦见家和母亲》填写中文歌词时，也化用了这一经典意象：

长亭外，古道边，芳草碧连天。

上世纪 20 年代，这首《送别》就在新式学堂中广为传唱。

（选自《作家文摘》第 2256 期）

肖邦与乔治·桑的浪漫足迹

“我漫步在棕榈树、雪松、芦荟、橘子树、柠檬树和石榴树下，天空是深蓝色的，海水是天蓝色的，山是翠绿色的，空气好极了。”这是肖邦曾在信件中写给朋友关于马略卡首府帕尔马的一段话。

1837 年，伟大的波兰音乐家肖邦认识了大他 6 岁的法国小说家乔治·桑，两个人远离尘世的喧嚣，来到了当时鲜为人知的马略卡岛，共同度过了一个温暖浪漫的地中海冬天。

在这里，没有可畏的人言，也没有俗世的烦恼忧愁，只有温柔的大海和蔚蓝的天空，还有海上的明月和夜晚的繁星。坐在沙滩上，似乎就可以听到来自天堂的声音，所以这里会被人称为“地球上离天堂最近的地方”。

马略卡是西班牙的一座海岛，它位于地中海，是巴利阿里群岛中最大的岛屿。这里，每年约有 300 天都是晴朗天气，阳光灿烂的好日子让来到这里的人们心情也跟着好起来。帕尔马是巴利阿里群岛的首府，就坐落在马略卡岛上，它的面积虽不大，却为生活在这里的人们提供着精致、悠闲的生活。

帕尔马最著名的建筑要数帕尔马教堂。始建于 11 世纪的帕尔马教堂是一座雄伟壮观、气势恢宏的哥特式大教堂，它临水而立，守望着帕尔马湾和渔港，站在海滩上就可以望见教堂高耸的尖塔，这尖塔高度在世界哥特式教堂中位居第三。教堂由砂岩建造而成，外观轩峻又优雅，内部梦幻而华丽，巴洛克式祭坛神圣庄重，高高的墙壁上镶嵌着世界上仅存的最大的彩绘玻璃窗，色彩斑斓的窗户在大厅内明黄灯火的映照下显得格外的梦幻。

巴利德莫沙是马略卡岛上的一座简朴的小镇，这里因为肖邦和乔治·桑的足迹而变得充满传奇的意味。小镇由多条陡峭的街道组成，周围到处都是橄榄树和杏树，在石块砌成的建筑间长满了繁茂的植物，多彩的盆花把这里点缀得趣味盎然。

镇内最有名的景观是皇家卡尔特会修道院，这座修道院坐落于镇郊的园林中，是肖邦和乔治·桑曾经住过的地方。1838年，俩人曾在此修道院内租借了几间房子，度过了一个美丽的“马略卡的冬天”，并开启了新的创作旅程。

肖邦的《雨滴》就是在修道院的雨夜中创作出来的，乔治·桑也以岛上的自然风光和风土民情为原型创作了《马略卡之冬》。修道院保留了他们的故居，游人可以在肖邦弹奏过的钢琴、零散的乐谱和乔治·桑的《马略卡之冬》手稿里，感受俩人曾经生活的印记。

马略卡岛上有着大大小小的美丽沙滩。德拉海滩是马略卡岛最著名的海滩，它位于岛屿东北部海岸，清澈无比的海水和奇幻的光线让许多名人都慕名前往。

岛上设施最齐全、服务最周到的海滩当属穆罗海滩，它是欧洲环境保护教育协会颁发的蓝旗海滩，在水质、环境、安全和服务等方面都经过了考核，这里有绵延不绝的金色柔软沙滩和湛蓝的海水以及完备的沙滩设施，残疾人也可以方便地进出沙滩。

罗姆巴德海滩位于马略卡岛东南海岸，是一个狭长的下海湾，海滩上铺展着白色的细沙，海水清凉，沙滩细软，最适合漫步。位于西北海岸的吐温特海滩同样是一片温柔宁静的海滩，整个海滩被松树和普伊赫主峰环绕，清凉静谧。

英国诗人西格夫里·萨松写过一句很漂亮的诗句："心有猛虎，细嗅蔷薇。"马略卡岛就是那个可以让人停下脚步，安静地欣赏大自然赐予人类美好的地方。

（选自《作家文摘》第2269期　YN　庄巍文）

王尔德在英法

两度居住的泰特街

王尔德这位 19 世纪最才华横溢最离经叛道的作家，从牛津毕业后就来到伦敦，在这里成名，却又在巅峰之际一落千丈，声名狼藉。

泰特街是一条位于伦敦切尔西的幽静小街，王尔德曾两度在这里居住。第一次是他刚到伦敦不久的 1880 年，和艺术家朋友迈尔斯合租的一间三楼公寓。但住进不久，迈尔斯笃信宗教的父亲读到了王尔德的一首诗，大为震惊，认为是“猥亵放荡”的作品，担心对儿子产生不良影响，就请王尔德另找新居。

第二次住进泰特街是在四年后的 1884 年，这时的王尔德已经名声大振。他娶了爱尔兰女孩康斯坦丝，买下了泰特街 34 号（当年门牌是 16 号）。这是一栋朴实无华的维多利亚建筑，四层红砖楼房。

王尔德买下这栋房子后，曾请当时著名的艺术家惠斯勒重新装潢设计。新装修完的房屋，前门、走廊、楼梯都是白色，餐厅漆成不同色调的白色；书房是淡黄色的，书桌是著名作家托马斯·卡莱尔的故物。王尔德在这里写下了小说《道连·格雷的画像》、童话《快乐王子》、戏剧《温夫人的扇子》《理想丈夫》等重要作品。

阿尔伯马俱乐部的放纵

1890 年夏天，还在牛津读书的美少年道格拉斯出现在王尔德家的客厅，惊鸿一瞥令王尔德感到是与“人间至美面对面的接触”，不久后俩人开始了一场短暂却不顾一切的狂恋。那一年王尔德 36 岁，道格拉斯 20 岁。

虽然道格拉斯经常到泰特街来拜访，也颇受王尔德太太康斯坦丝的欢迎，但王尔德却与太太的感情日渐疏远。他经常不回家，或在他的阿尔伯马俱乐部，或在萨沃伊饭店，和道格拉斯及街上带回的娈童厮混。1889 年才开张的萨沃伊饭店位于科芬花园，是伦敦一流的豪华饭店。王尔德和道格拉斯包下了饭店的 346 号房，尽情享受着冰凉的香槟和灼热的性爱。

道格拉斯的父亲昆斯贝利侯爵为阻止王尔德和他儿子交往，曾多次闯到泰特街威胁过王尔德。王尔德准备向法庭起诉，但没想到却把他自己给断送了。1895 年 4 月 3 日，伦敦中央刑法法庭最终判昆斯贝利侯爵无罪。相反，王尔德的“行为不检”已天下皆知。4 月 5 日，王尔德在位于贝尔格莱维亚的卡多根旅馆被捕。

100 多年过去了，这家旅馆的服务员依然知道王尔德当年就是在 118 号房间被捕的。

墓碑上的吻痕

1897 年，在英国监狱服了两年苦役获释后，王尔德动身前往巴黎，对于英国他失望透顶，化名居住法国期间完成并出版了《瑞丁监狱之歌》。

1900 年，王尔德因脑膜炎逝世于巴黎的阿尔萨斯旅馆，年仅 46 岁。这是巴黎最小的五星级酒店，已经隐匿在塞纳河左岸两个多世纪了。

酒店所在的建筑始建于 1828 年，原址则是 17 世纪富有传奇色彩的玛格丽特王后的爱之亭。在 1870 年普法战争结束后，这栋建筑成为了阿尔萨斯旅馆。

除了王尔德曾在此居住过以外，包括西班牙超现实主义画家达利、摩纳哥王妃格蕾丝·凯莉、演员伊丽莎白·泰勒和理查德·伯顿等大批名流都曾经到访过这里。

王尔德的墓碑由著名的雕刻家乔布·艾巴斯坦所设计，取材自他的诗作《斯芬克斯》，糅合印度与古埃及风格的天使雕像，形象与伦敦大英博物馆的人首翼牛像十分相似，跟周遭的古典式墓碑可说是相映成趣。

因为逝世前的种种争议，一开始王尔德的墓碑曾遭破坏，后来人们开始对他的才华与言行有了新的评价。那些破坏的痕迹现在已荡然无存，取而代之的是崇拜者在他的墓碑上留下的点点吻痕。

（选自《作家文摘》第 2198 期）

毛姆的槟城

舒服、娴静是马来西亚槟城的代名词。阿牛的《初恋红豆冰》，在这里上演了清新的初恋故事；李安的《色·戒》，把部分场景拍摄地选在了这里；安迪·坦南特的《安娜和国王》也将槟城呈于荧屏之上……然而，槟城最佳的广告还是毛姆的名言：“如果你没有看过槟城，那你还不算看过世界。”

街名拾趣

街名往往是一座城市历史的缩影。在多元种族与文化浓密交融的槟城乔治市，当地人习以为常的街名，往往让外来者一头雾水。比如离东方酒店（E&O）不远的街道“牛干冬”，英文为 Chulia Street。看了马来西亚著名作家朵拉的《半段牛干冬》才明白，早年间南来华人以牛车载水吃用，新加坡的“牛车水”就体现了当时的景况。Chulia Street 上有个牛棚，牛棚的马来文是 Gandang，音译过来就成了“干冬”。于是，一个半中文半马来译音的街名就出现了。

看到杭州旅社，就知道 1939 年郁达夫来出席《星槟日报》创刊发行，曾留宿于此，还写下一首“故园归去已无家，传舍名留炎海涯。一夜乡愁消未得，隔窗听唱后庭花！”这首七言绝句有个小序——“抵槟城后，见有饭店名‘杭州’者，乡思萦怀，夜不成寐，窗外舞乐不绝。用谢枋得《武夷山中》诗韵，吟成一绝。”

穿过广州府会馆的牌匾，踱向创立于1819年的五福书院，这里原为马来西亚首间华文私塾，曾是广州府12县同乡联谊会馆和宗祠，后为广府乡亲子女提供教育。

椰脚街街名在1990年由PittStreet改为马来文甲必丹吉宁，但槟城华人一如既往地叫它椰脚街。这条500米长的老街，顺序坐落着圣乔治教堂、广福宫观音亭、马哈马里安印度庙、甲必丹吉宁回教堂、马来亚齐回教堂。文化、信仰、风格各异的遗迹在这条街上和平共处了200多年，由此它有了另一个名字：和谐街。

槟榔屿

“槟榔屿”（即槟城）一词经常会出现在毛姆的文章中，在他的著作《马来故事集》里更详细描写了他在槟榔屿的奇妙见闻。

在《马来故事集》等著作中，东方大酒店曾多次出现。位于槟城海滨的东方大酒店，一身雪白，充满古典感，是东南亚历史最悠久的酒店，酒店的所有房间都面向马六甲海峡，白日梦一样的景观，曾有“苏伊士以东最佳酒店”的美誉。这里不仅接待过皇亲国戚，也让毛姆、黑塞、卓别林、梦露、李安等名人流连忘返。

众所周知，毛姆的足迹遍布世界，这么一个满世界转悠、满嘴刻薄话的大作家，却为槟城和东方大酒店说了一句特别有爱的话：“没来过槟城，就不曾看过世界。”

（选自《作家文摘》第2204期　张莹　诗意小姐等文）

格蕾丝王妃的漫步路线

摩纳哥纵有700年历史，却直到1956年影星格蕾丝·凯莉成为这个悬崖小国的女主人，它的魅力与涵养才真正开始为世人所知。

在摩纳哥，格蕾丝王妃留下了很多足迹：为日本花园奠基、参观博物馆、接见外宾、为盛大活动剪彩……念旧的摩纳哥人在25个地点、城市干道上都安置了图片标牌，构成了“格蕾丝王妃的漫步路线”。

见证浪漫的大教堂

1956年4月12日，亲王兰尼埃三世的未婚妻格蕾丝·凯莉抵达摩纳哥，亲王亲自开游艇“迪奥·尤万特二世”号来接她，万众来到港口一睹未来亲王妃的风采。

这位被著名导演希区柯克称为“她使胶片辉煌夺目，在她柔弱的外表下蕴藏着火一样的热情”的“唯一不需要化妆的女演员”，刚刚凭借《蓬门淑女》获得1955年的奥斯卡金像奖，事业正如日中天之时，却与兰尼埃三世相遇，命运发生奇妙的转变。

1956年，在亲王宫和相距不远的摩纳哥大教堂附近，兰尼埃三世与格蕾丝·凯莉举行了世俗婚礼和宗教婚礼。这场童话般的婚礼，摩纳哥大教堂最有“发言权”。这座新罗马风格的建筑是1875至1884年间在查理三世治下，用来自古罗马重镇杜尔比的白色大理石建造而成的。

步入这座摩纳哥最重要的教堂，1500年前尼斯画家路易·布雷亚创作的祭坛画、主祭坛和白色大理石砌成的主教宝座，都令人啧啧称奇。

悬崖上的爱巢

摩纳哥亲王宫建于山崖峭壁之上，大有居高临下睥睨天下的王者之风，从1191年修建城堡以来，历经800多年的风雨沧桑，13世纪开始作为统治者格里马尔迪家族的大本营，600多年来见证格里马尔迪家族从封建领主转变为主权王侯，但这个家族乃至国家的命运，一直与法国息息相关。

长期以来，摩纳哥王宫不但是王室的居所，也是扼守门户的军事要塞，现在王宫有一半的地方作为博物馆对外开放。摩纳哥王宫的建筑，淡黄色的高墙浅灰色的尖塔，除了守卫的士兵比较庄严肃穆，整个王宫看起来比较平凡朴素，王宫广场上陈列着路易十四时期建造的炮台。

摩纳哥人至今特别感谢兰尼埃三世，因为是他修复了法国大革命时期对摩纳哥王宫建筑的破坏和意大利军队对王宫的损伤。那时候几乎所有的屋顶都需要重新修缮，很多屋瓦已经坏了，兰尼埃三世毅然决定和格蕾丝就住在王宫最古老的房子里，表明他继续格里马尔迪家族700年辉煌的决心。

近一个世纪以来，兰尼埃三世是第一个在王宫里度过他一生的人。1956年，为了让家庭生活更舒适，也为了让格蕾丝度过在公国里最初几年的寂寞时光，他按照格蕾丝的爱好将住所的内装饰进行了修改。同时他也对一些室外的生活建筑进行了改善：扩建了游泳池，让其与车库、电影院都相通。

玫瑰舞会上的步伐

摩纳哥作为天主教国家，宗教的影响无处不在。1966年1月27日，格蕾丝王妃参加圣迪瓦特节点燃一艘船只的瞬间，也被记录在“格蕾丝王妃漫步路线”中。

传说，公元4世纪戴克里先皇帝治下，一个名叫迪瓦特的年轻科西嘉女人遭受罗马帝国的迫害，被处以极刑，遗体被放在一艘小船上，朝着非洲方向漂流。逆向吹来的海风将小船送到了摩纳哥高马特河谷的入海口，迪瓦特以身殉教的故事在此传扬开来，人们将迪瓦特奉为公国的守护者。

在每年1月27日的圣迪瓦特节上，亲王和王妃都会在宗教领袖和民众面前，象征性地点燃一艘船，和大家一起缅怀古老的传统。

从1958年起，兰尼埃三世任命格蕾丝王妃担任摩纳哥红十字会主席，从此她开始投身慈善事业。她创办了格蕾丝王妃基金，扶持刚开始演艺生涯的演员；她发起创办“玫瑰舞会”，并将其打造成继摩纳哥公国国际红十字慈善晚会之后的第二个社交盛会。

在公众看来，似乎亲王兰尼埃三世的光辉都被妻子掩盖了，其实不然。如果说查理三世的统治奠定了摩纳哥繁荣的基础，将近100年后，耕耘了半个世纪的兰尼埃三世则将公国带入了真正的全盛时代。

兰尼埃三世与格蕾丝·凯莉在摩纳哥大教堂开启了“星梦奇缘”，也落幕于此。1982年，她遭遇车祸香消玉殒，被安葬在摩纳哥大教堂。

（选自《作家文摘》第2218期　张亚萌等文）

聂鲁达最爱的小城：瓦尔帕莱索

◎ 马剑

1959 年，聂鲁达厌倦了圣地亚哥的生活，决定搬到瓦尔帕莱索，安静地生活和写作。

他希望朋友能帮他找到这样一栋房子："既不太高又不太低，既安静又不寂寥；在一个不引人注目的街区，既看不到也听不到邻居，有个性又不失舒适；有很多的风，既不太大又不太小；远离一切又交通便利，独立又生活方便，而且还要非常便宜。"

故居萨巴斯汀

萨巴斯汀满足了聂鲁达这个不可能的要求。聂鲁达故居萨巴斯汀位于智利中南部城市瓦尔帕莱索一条普通的街巷里。

故居面积不算大，一栋五层小楼，每一层都可以俯瞰浩瀚的太平洋。三楼是主会客厅，摆放着聂鲁达从各地收集的"大玩具"，大厅内侧有一个很特别的吧台，摆放着各式酒瓶，聂鲁达当年应该没少在这里喝酒、会客，或是与爱人对饮谈心。

四楼的卧室，一张大床正对着海港，屋子陈设充满了中国元素，衣柜门上是中国的仕女图。聂鲁达一生几次来过中国，神秘的东方文化对于他的吸引力似乎不小。

聂鲁达有三段婚姻、数不清的情史，一生放荡不羁，却很少遭到非议，因为他是诗人，是智利人民的骄傲。

露天的美术馆

瓦尔帕莱索依山而建，建筑群呈层层阶梯式。老城区的街道有些破旧了，废弃的房屋随处可见，电线在空中肆意穿行，如同蛛网。但渐渐地，老城开始散发出迷人的一面。

五彩斑斓的民居、路边窗台上的精致盆花、随处可见的咖啡店里飘出的香浓味道……尤其是，迎面遇到的美丽姑娘会对你说上一句“你好！”

街道就像一个露天的美术馆，家家户户的墙上涂满了各式各样的壁画或涂鸦，有的奇形怪状，有的香艳妖娆，有的卡通可爱。

据说，当年码头上修补船只时会有剩下的油漆，船工便将其带回，装饰自己的小家。整个老城充满了波西米亚风格，让人恍若置身童话世界，这大概就是诗人所说的“环游世界”吧。

瓦尔帕莱索曾是南美最重要的商业港口之一，被称作“小旧金山”和“太平洋明珠”。船只途经这里，穿越麦哲伦海峡，往返于大西洋与太平洋之间。但随着巴拿马运河的开通，这里辉煌不再。

教会了拉美人如何爱

顺着山坡小路，可以走到索托马约尔大广场。索托马约尔大广场在港口对面，广场上有雄伟的智利海军大楼，附近有不少售卖食品和纪念品的小店，一些年轻人在街头表演。

沉寂许久的瓦尔帕莱索，这些年开始慢慢复苏。2003 年，瓦尔帕莱索古城被列入联合国世界文化遗产名录，古城的恢复工程正逐步展开，旅游设施也在不断改进，各种艺术节的举办更为这个本就艺术范十足的城市增加了人气。

“我要在你身上做春天在樱桃树上做的事情。”

这句诗出自《二十首情诗和一首绝望的歌》。开篇的第一句：

> 女人的身体，白色的山丘，白色的大腿，你委身于我的姿态就像这世界。

有人说，聂鲁达教会了拉美人如何爱。

这部诗集让聂鲁达年少成名，从此开始了他的传奇。他一生游历无数地方，却偏偏独爱这里。瓦尔帕莱索在西班牙文中意为“天堂谷”，这座以天堂为名的城市，在历史上却是多灾多难，火山、地震频发。

到了夜晚，瓦尔帕莱索山坡上的点点灯光和远处海上晃动的光影遥相呼应。会让人想起聂鲁达的诗：

> 今夜我可以写出最哀伤的诗，譬如写下：“夜空布满了星辰，发蓝的群星在远方抖颤。”

（选自《作家文摘》第 2106 期）

到剑桥寻访霍金印迹

◎ 纪双城　孙微

斯蒂芬·霍金 2018 年 3 月 14 日逝世于英国剑桥。在剑桥，他完成了畅销世界的经典科学著作《时间简史》，剑桥也是他的传记片《万物理论》的拍摄地。霍金已和剑桥融为一体，成为这个城市的名人遗产。此外，在牛津以及他童年生活的小镇也有许多霍金印迹，供人们缅怀、追忆。

凯斯学院，《时间简史》诞生地

2018 年 3 月 14 日，霍金逝世的消息公布之后，霍金生前所在的剑桥大学冈维尔与凯斯学院（这座学院曾诞生 12 位诺贝尔奖获得者，以下简称凯斯学院）降半旗纪念他，人们在学院门口摆放纪念花束，他最初在剑桥学习时的住处，成了人们凭吊他的地点。

1962 年，霍金来到剑桥大学三一学院攻读博士学位。获得博士学位后，他加入了凯斯学院，此后的五十多年他一直都在这所学院任教。某种意义上，霍金成为了凯斯学院的代名词。霍金称凯斯学院是他进行学术研究和生活的家园。在凯斯学院，他永远被亲切地称为“斯蒂芬”。他的幽默经常让学院的晚宴氛围变得异常活跃，他甚至在一次大学派对上和着华尔兹舞曲，在大厅里转动轮椅“翩翩起舞”。

为方便霍金出行，凯斯学院对中世纪的建筑和庭院进行改造，方便他参加各种会议、在大厅用餐、招待朋友。学院还特意为霍金和他的家人改造了剑桥西路上的一套房子，正是在那里他完成了《时间简史》。

剑桥大学理论宇宙学中心有一座霍金的半身雕像，凯斯学院有一座以他的名字命名的“斯蒂芬·霍金大楼”，他揭幕的“时间吞噬者”圣体钟在剑桥市中心街口提醒人们时光不会停止流逝。

三一巷那个单车少年

2014 年，电影《万物理论》上映，它取材自霍金第一任妻子简所写的书，讲述霍金和简在剑桥相遇、相知、相恋的爱情故事及霍金患病前后的励志传奇。这部影片所展现的生活场景，正是很多人所熟悉的剑桥大学校园的角角落落。比如说三一巷，当年霍金和他的小伙伴骑着单车穿过三一巷，那时身体健康的他还是个少不更事的少年，不知道多少次走过这个小巷，也不知道他以后会多么留恋这种在风中驰骋的感觉。三一巷这条颇具历史风情的街道位于剑桥市中心地带，是一条很有味道的小巷，非常具有时代感。穿过三一巷游客可以到达剑桥的主要街道三一街，著名的三一学院就坐落在这条小巷的北边，而在这条小巷的南边，是凯斯学院。

剑桥大学有名的五月舞会是在圣约翰学院的新庭院草坪上举行。当年，霍金曾邀请未来的妻子简作为舞伴一起去参加五月舞会。圣约翰学院被誉为是“英格兰最漂亮的都铎式庭院”，是剑桥大学第二大学院。而大家熟知的叹息桥就是连接该学院第三庭院与新庭院的桥，新庭院是圣约翰学院里最惊艳的地方。繁复的花纹与拱门，阳光下优雅娴静的米白色调，让人联想起意大利西西里岛的罗曼式教堂。

古怪的高级知识分子

霍金学成于剑桥，生在牛津，这两座英国学府城市，是人们一提到霍金教授，首先想到的地方。但其实，霍金一生，在不同的英国城镇生活过，当地至今还有他的生活印迹。

霍金 1942 年生于牛津，他的父母都曾就读于牛津大学。1950 年，他的父亲弗兰克升任为国家医学研究院寄生虫学部门主任，带着全家人搬到英格兰赫特福德郡的圣奥尔本斯。在那里，霍金一家被认为是有点古里古怪的高级知识分子，他们每个人都手不释卷，甚至在用餐时间，来访客人时常会观察到全家默默地边吃边读书。当地人回忆说，霍金一家人的生活很简朴，房子虽然很大，但是缺乏维护，交通工具就是一辆改装过的伦敦计程车。

8 岁的霍金转学到圣奥尔本斯女子中学。这不是真正意义上的女校，招收了很多低于中学年龄的学生，包括男生。在这所学校读书时，小霍金的数学才华初显。他的父亲建议霍金去牛津大学主修医学，不过霍金最终选择主修物理与化学。

（选自《作家文摘》第 2120 期）

歌德来到韦茨拉尔

◎ 金海民

韦茨拉尔是德国黑森州中部的一个城市，位于法兰克福以北 70 公里，莱茵河的支流兰河畔。这座美丽的小城现在虽然只有五万余人，却在欧洲乃至世界上享有相当的知名度，这主要归功于德国大文豪歌德曾在此地生活了四个月时间。

其间，他经历过一场精神上的轰轰烈烈的恋爱，并以这场恋爱为创作基础，融合其他一些见闻，写出了书信体小说《少年维特之烦恼》。这部小说不仅使歌德成名，也让小说中女主人公洛蒂的原型夏洛特·布夫，成为德国家喻户晓的人物。

1772 年 5 月，尚默默无闻、还没有当上贵族的歌德（时年 23 岁），从家乡法兰克福徒步 70 公里前往韦茨拉尔，但此行本非歌德所愿——在这之前，按照父亲的愿望，歌德先后在莱比锡大学和斯特拉斯堡大学学习法律，于 1771 年获得了相当于法学博士的学位。回到法兰克福后，歌德虽然在当地律师界挂了个虚衔，但他还是喜欢宅在家里进行文学创作。从文学史的角度看，1771 年至 1775 年，属于歌德的“狂飙突进时期”，具有非凡的意义；而在他父亲看来，固然家里富裕不愁吃穿，但儿子成天待在家里东写西写，终究不是个事情。为儿子的前途着想，父亲安排并一再催促歌德前往韦茨拉尔。

韦茨拉尔在德意志民族神圣罗马帝国时期的 1693 年至 1806 年间，曾是帝国最高法院的所在地。按父亲的设想，如果儿子在最高法院有一段实习经历，那将非常有利于他今后的职业发展。

现今，韦茨拉尔有一个“帝国法院博物馆”，其中一个展品记录了实习生歌德到法院报到的日期：1772 年 5 月 25 日，那上面还有歌德的亲笔签名。而昔日帝国最高法院的所在地，如今已成了一家咖啡馆，名为“主教堂畔咖啡馆”。

夏洛特出生、生活、与歌德首次相遇的房子，现在成了“夏洛特纪念馆”，门口的铜牌镌刻着“夏洛特·布夫（1753–1828）诞生的房屋”。纪念馆里有一幅油画，描绘了歌德第一次见到夏洛特时的情景，而歌德在小说中的相关描述，更将彼时的场景定格在文学经典中。

歌德来到韦茨拉尔之前，他的父亲就早早拜托那里的亲戚来照料歌德。有一次亲戚开舞会，请歌德坐马车去接被邀请的夏洛特。歌德一走进夏洛特家的门，就看到她正在给众多弟弟妹妹分切面包。由于母亲在前一年去世，夏洛特在 12 个兄弟姐妹中排行老二，她担负起做家务和照料弟弟妹妹的重任。而当歌德看到一个年轻、美丽的少女在弟弟妹妹那里流露出的长姐，甚至是母亲般的慈爱，“整个心灵都让她的形象、她的声音、她的举止给占据了”。在舞会上，随着歌德与夏洛特一圈圈共舞，彼此的爱慕之情一浪高过一浪……

据考证，歌德与夏洛特首次相遇的日子是 1772 年 6 月 9 日，但天不遂人愿，夏洛特在 1768 年已与人订婚。在韦茨拉尔时，歌德在思想和行动上经过多次剧烈反复，终于在当年 9 月写了三封辞别信后，离开了韦茨拉尔，夏洛特则在 1773 年 4 月 4 日结婚。至于小说中维特自杀的情节，是歌德将他一个友人因恋爱失败而自杀的事“嫁接”到小说之中的。

夏洛特纪念馆前的马路现在就叫“夏洛特路”，这条弧形马路的两头，连接的是同一条东西向的马路“歌德路”；当年歌德与夏洛特跳舞的名叫“猎人之家”的场所，现在也改称“歌德之家”；韦茨拉尔的不少餐馆，会用当地土产的蔬菜与从兰河里捕捞的鱼来烹制“歌德套餐”；而韦茨拉尔人，则理直气壮地将自己的城市称为“歌德城”。

（选自《作家文摘》第2124期）

莫扎特的布拉格

一个是奥地利举世无双的音乐天才，留下了《唐璜》《费加罗的婚礼》《安魂曲》等一系列闻名于世的作品，他就是莫扎特。一个是充满中世纪风情的古老城市，久经政局的动荡和变革，却仍保留了最完整的18世纪建筑和街道，她就是捷克首都布拉格。布拉格的人民热爱音乐，更被莫扎特视为知音。

莫扎特第一次来布拉格是为了上演他的歌剧《费加罗的婚礼》。由于这部歌剧饱含对封建贵族的讽刺挖苦，即便是维也纳这样彪炳自己为“音乐之都”的城市，也对《费加罗的婚礼》大行闭门羹。布拉格的音乐环境非常地活泼，他们才不在乎什么阶级矛盾，由于这部歌剧场场爆满，轰动欧洲，捷克人说“是布拉格发现了天才莫扎特”。

莫扎特也被布拉格人的热情打动，于是他潜心为这座城市谱写属于她的曲目。随后，布拉格古老的巷子里走出了不羁的《唐璜》，并于1787年10月29日在布拉格国家剧院首演。

布拉格郊区的贝特兰卡庄园，是莫扎特创作《唐璜》的地方，在贝特兰卡的这段时间可以说是莫扎特生命中最快乐的时光。即使莫扎特只用了一个月零一个早上就创作出了这部歌剧，但这并不妨碍《唐璜》的艺术成就。不论是在当时还是现在，它都被看作是歌剧史上无法超越的巅峰。

唐璜是一个著名的浪子，他的传奇故事深得艺术家们的喜爱。拜伦写过关于他的诗歌，萧伯纳写过关于他的戏剧，而莫扎特写的这部关于他的歌剧被看作是最杰出的版本。

1787年莫扎特来到布拉格时随身带着一部作品，这部作品就是他的《D大调第38交响曲》，因为是在布拉格演出，所以也称之为“布拉格交响曲”。

这位天才音乐家最后一次到访布拉格是在他逝世前不久的1791年，当时年35岁的莫扎特离开布拉格时，人们已经能从他的眼睛里看到疾病的阴影。1791年12月5日莫扎特英年早逝。他在维也纳的葬礼只有四五个人参加，极其简陋。由于半路遭遇大雨，连这些人也都没有陪音乐大师走完他生命中的最后一程。而那一天的布拉格，约4000人聚集在圣尼古拉斯教堂为这位伟大的作曲家举行了一场追思会。

（选自《作家文摘》第2125期）

带着名著去度假

《午夜善恶园》：美国萨凡纳

在佐治亚州萨凡纳市，到处都可以看见历史性建筑，整座城市还充满着内战前南方的那种氛围。以前它并不是个旅游城市。直到 1994 年，约翰·贝伦特的犯罪小说《午夜善恶园》问世后。

小说通篇透着南方哥特式的语气，人物行为举止怪异，并巧妙地描写了萨凡纳的景色，这一切使得这座城市立马成了每一位读者必去的旅游目的地。

原版小说封面上著名鸟女雕像伫立在充满历史气息的博纳文图尔公墓。萨凡纳当地有许多机构可以提供徒步旅程，路线便是跟随小说的叙述，去参观书中多处重要的地点。通常行程从蒙特利广场开始，然后穿行于博纳文图尔墓地中。

《夏洛克·福尔摩斯》：英国伦敦

100 多年前，《福尔摩斯系列》因登上《河滨》杂志而闻名。书中描写了天才侦探和他的跟班华生医生数次游走在伦敦街头，寻找线索和嫌疑人。

贝克街 221B 是小说主人公福尔摩斯的住所及侦探事务所

的地址，福尔摩斯迷到访伦敦是一定要寻觅这里的。贝克街是真实存在于伦敦的街道，但是 221B 却是一个不存在的地址。

据说贝克街 221B 原来是一个银行，柯南 · 道尔在虚拟的小说里使用了真实的地址，但自从大约 1880 年福尔摩斯风靡世界后，这个地址就不堪其扰，世界各地来探访的、来信的络绎不绝，最后使原住户搬走了。1990 年这里作为福尔摩斯博物馆开放。

《龙纹身的女孩》：瑞典斯德哥尔摩

已故作家斯蒂格 · 拉尔松的《龙纹身的女孩》及随后两部作品共同构成的其成名之作——《千禧年三部曲》，这让许多人重新开始审视斯德哥尔摩这座城市，将其看成是北欧最有趣最有氛围的地方。

许多读者看完小说后，就一窝蜂跑去那里参观小说里描写的地方。小说中的一个名为 Hedestad 的小镇吸引了不少游人的追寻，但其实它纯属是虚构的。读者却喜欢捧着书漫步于斯德哥尔摩中部地区，一边感受独特的斯堪的纳维亚风情，一边找寻着小说主人公踏访的地方。

《暮光之城》：美国华盛顿福克斯

太平洋西北方的小镇福克斯本来很难让人联想到是一个充满异域风情的度假地。但如果是“暮光”系列的粉丝的话，肯定就不这么认为了。

从西雅图驱车四小时便能来到福克斯，这里有许许多多与小说相关的纪念品商店和旅游景点。在这里能看到女主角贝拉家的房子、福克斯高中和镇上古香古色的城墙。然而，福克斯最棒的一点是，它是通往奥林匹克半岛古森林的关口。奥林匹克公园内珍藏着古老的温带雨林，置身其中会误以为自己闯入了爱丽丝的仙境。

乔伊斯的小说：爱尔兰都柏林

詹姆斯·乔伊斯是出生于爱尔兰首都的最受人尊敬的文豪之一。虽然他的代表作《尤利西斯》被誉为意识流小说的开山之作，但这本书也的确是一本为徒步旅行量身定做的一本书。书中描写了主人公利奥波德·布鲁姆一天内走遍了都柏林的大街小巷，而且当中许多地方至今仍然存在。

在其短篇小说集《都柏林人》中，乔伊斯也向读者展示了观光都柏林的场景。

《达·芬奇密码》：法国巴黎

美国作家丹·布朗的《达·芬奇密码》，不仅以 750 万本的发行成绩打破美国小说销售纪录，而且还催生了一条吸引读者的旅游路线。

小说中的第一个密码即是巴黎卢浮宫博物馆馆长索尼埃临死前所摆的达·芬奇著名画作《维特鲁威人》的造型。于是旅行便从卢浮宫的玻璃金字塔入口开始了……导游不仅是带领游客参观博物馆，而是邀请游客通过观察馆内艺术作品而亲自参与“破解达·芬奇密码”。

格雷厄姆·格林的作品：越南西贡

如果喜欢格林的作品，那么带着他的小说游西贡不失为一个恰当的选择。

越南旧梦重温在《沉静的美国人》里，英国男人在西贡酒店楼下的露天咖啡座，望着心仪的越南女子走进街对面的咖啡馆……小说中大部分故事的发生地在西贡的Catinat街，如今名为东桂街。格林最喜欢的大陆饭店现今还存在，小说中的主要场景中央邮局和剧院也都还在那里。

（选自《作家文摘》第2157期）

充满诗意的街道

你会因为什么而爱上一座城呢？一首歌、一部电影，还是一个爱而不得的人？或者仅仅因为那些富有诗意和文化的街巷。

百花深处住着老情人

前些年，有首京腔京韵的歌名叫《北京一夜》。那段京剧花旦唱腔，简直是神来之笔，韵味悠长：

> 人说百花的深处，
> 住着老情人，缝着绣花鞋，
> 面容安详的老人，
> 依旧等着那出征的归人。

也许就是这首歌的流行，让“百花深处”胡同走入人们的视线。

“百花深处”作为北京街巷名称极雅者，源于一段古老的传说。据说明朝万历年间，年轻的张氏夫妇，在北京新街口以南的地方买了二十多亩地，以种菜为业。几年后，张氏夫妇种菜攒下了一些钱。于是，他们夫妻俩又开始多种经营。在园中种牡丹、芍药、荷藕等花儿。慢慢地，张氏夫妇花园有了点小名气。文人墨客纷纷来赏花、赋诗。

文人嘛，自然要风雅一些，“百花深处”这个富有诗情画意的名字，随着文人墨客的诗词歌赋慢慢地传开了。张氏夫妇死后，花园逐渐荒芜了，而“百花深处”这个名字却流传下来。

勒马听风街的磊落

勒马听风街是河南省洛阳市瀍河回族区的一条街名。“勒马听风”的名字来历有两种说法，第一种称三国时期，关羽和曹军对垒，关羽到此察看地形，勒马听风。这种说法流传最广。

第二种说法则夹杂了很多演绎成分。说是五代十国时期，一个剑客喜欢上了一个洛阳姑娘，而姑娘就住在该处。有一恶霸贪恋姑娘美色，将其侮辱。姑娘悲愤不堪，投河自尽。剑客一怒之下，血洗恶霸全家七十三口，随后自己也服毒自杀。剑客的马则一直在此处驻足不走，听风悲鸣。

在冷兵器时代，刺探情报就是抵近观察。大凡优秀的指挥员和战斗员，如西汉时的李广，都曾亲临敌阵侦察掌握第一手战场情报，关羽也不例外。如今的“勒马听风街”，宽不过五米，长不过百米。但想必那时这里视野开阔，关羽勒马察看河对岸的九龙台，对曹操排兵布阵的情况定会了然于胸。

浣纱路上立马回头

说起浣纱河，如今的杭州人大概只知道那条浣纱路了。浣纱河曾经是杭州历史上的一条非常重要河流，古称清湖河，它的历史可追溯到一千多年前。钟毓龙《说杭州》有载："考隋筑城以前，已有清湖镇，则此河之开盖甚古矣。"

西湖水经浣纱河流入杭州城内，从西湖涌金闸流出，经开元路折北，沿今龙翔路、东坡路向西北方向流，至武林路小车桥处折北，沿武林路东侧一直北流至武林门入运河，流经古时杭州城人口最集中、经济最繁荣的地段。千百年来，谱写了历史更替的不朽篇章，恢宏的景灵宫、太乙寺宫；杭州府、钱塘县等府衙；太学、南宋贡院等均设在浣纱河边。

上世纪六七十年代，只有少数工厂有废水处理系统，民用污水就直接排入河道，浣纱河成了主要排污河道之一。当时的城市管理者想，这条河反正已经成了臭水沟，于是，杭州市里掀起了一场"填没浣纱河，改建防空隧道"的群众运动。浣纱河就此湮没，而如今的浣纱路已是城市的主干道。

在杭州市西湖区梅灵北路有一个非常有意思的公交站，叫立马回头，如果是第一次坐公交车来到这里，真的以为到了这里提示要"立马回头"。

立马回头距离灵隐东只有一个站，这里当年发生过一个历史典故，据说乾隆当年驾幸杭州，第一次路过这里对道路状况相当不满，本地官员赶紧为皇上修了一条新路。当乾隆再次经过普福岭时，路况已大为改观，龙颜大悦，立马驻足，这才有了"立马回头"的说法。

五味什字街的灵魂不改

五味什字街是西安的一条东西向街道，这条街过去可是赫赫有名的，真正是因为药铺众多而被命名的。元代时这里因药店密集，包括今天的南广济街在内都被统称为药市街。明清时，这里依然是西安城药店的集中地，“藻露堂”（创办于明朝天启二年，即公元 1622 年。该店以妇科良药“培坤丸”享誉省内外），复元成、树仁堂、万年堂等都在此有铺面。

老百姓是很聪明的，怎么好记怎么叫，因为中药有甘、辛、酸、苦、咸五味，所以这条街就称为五味什字了。

五味什字过去是商贾繁盛之地，现在依然是，这条不长的街上各类商铺 150 多家，包括休闲、娱乐、运动健身、学校培训、医疗健康等。仅餐馆就五十余家，也是门类齐全，有陕菜，有火锅，有面馆，有川菜，有串串，有火烧。有传统的餐馆，也有现代时尚的，传统的就有澄城会馆。澄城会馆以前的名声就很大，周边的居民和单位员工都会来这吃饭。

（选自《作家文摘》第 2165 期）

走进世界名画里的风景

世界名画里的风景，每一抹色彩都是自然的光影沉淀。

《蒙马特尔大街的傍晚》：蒙马特高地

《蒙马特尔大街的傍晚》是法国印象派画家卡米耶·毕沙罗的一幅油画，作品创作于1897年，描绘了巴黎蒙马特大街傍晚时分的景色，画面中人群熙攘，车马流动，整体呈现出模糊感和光感，为典型的印象派风格。现藏在俄罗斯圣彼得堡埃尔米塔日博物馆里。

巴黎北部的蒙马特高地相对于巴黎其他各区而言地势实在是高，塞纳河无法逆其而上。蒙马特高地归属于巴黎市只有短短的100多年时间，可以说是巴黎最年轻的一个区。

这里有风景秀丽的蜿蜒小径，有高大神圣的圣心教堂，有画家聚集的小丘广场，有夜夜笙歌的红磨坊，还有写满爱情的巴黎爱墙。这是一个和谐包容了宗教、艺术、香艳和爱情的地方。

蒙马特高地至高点上的这座突出的纯白建筑就是圣心教堂，这里以其视角广阔，景色如画而著称。在巴黎这个浪漫之都海拔129米的山丘之上，挺立着这座宏伟的建筑，因相对高度较高，圣心教堂让所有的参观者都有高山仰止的感觉。从圣心教堂所在的山丘往巴黎市中心看，巴黎的千年历史尽收眼底。登临圣心教堂中心最高的大圆顶，从那里能看到周围方圆 50 公里内的景物。这里是埃菲尔铁塔之后巴黎的第二个至高点。

爱之墙坐落在巴黎市北蒙马特高地半山腰上的一个街头小公园里。墙有 40 平方米，由 511 块深蓝色的长方形瓷砖组成，上面用 311 种语言和笔迹写满了同一句话“我爱你”。在墙的最左侧可以找到竖排的三个中文字，但其中的“爱”字是繁体。

《日出·印象》：勒阿弗尔港口

《日出·印象》是莫奈于 1872 年在勒阿弗尔港口画的一幅写生画。他在同一地点还画了一张《日落》，在送往首届印象派画展时，两幅画都没有标题。一名新闻记者讽刺莫奈的画是“对美与真实的否定，只能给人一种印象”。莫奈于是就给这幅画起了个题目——《日出·印象》。

勒阿弗尔是法国北部海滨城市，上诺曼底大区滨海塞纳省的一个副省会城市，是整个诺曼底地区人口最多的市镇，也是该地区继鲁昂和卡昂之后的第三大城市。

勒阿弗尔市区位于法国五大水系之一的塞纳河的入海口北侧，濒临英吉利海峡，是法国第二大港口（仅次于马赛），也是距离法国首都巴黎最近的大型港口，以其作为“巴黎外港”的重要的航运地位而著称，在法国经济中具有独特的地位。

距离市中心仅 500 米的勒阿弗尔沙滩，因其多变柔和的自然光线一直是艺术家们寻找创作灵感的地方。

《夜间露天咖啡座》：阿尔勒

1888年5月到9月18日，凡·高借住在法国东南部小镇阿尔勒的兰卡散尔咖啡馆。它位于形式广场，由于通宵营业，因而被称之为“夜间的咖啡馆”。

《夜间露天咖啡座》画中，煤气灯照耀下的橘黄色的天篷，与深蓝色的星空形成同形逆向的对比，好像暗示着希望与悔恨、幻想与豪放的复杂心态。

如今，这家咖啡馆已改名叫“凡·高咖啡馆”，成了到阿尔勒旅游的必去之地。咖啡馆依然完整地保留着100多年前凡·高画里的模样，而凡·高与这家咖啡馆的故事也成为流传在当地的传奇。

阿尔勒是一个仅有五万人口的小城，却被联合国确定为世界文化遗产，其原因，就在于它有众多的罗马建筑遗迹：最古老的陵园、古剧院、竞技场、古地下拱廊和大浴室等。它是伫立在罗讷河上的珍宝，这个罗马时期的古城拥有丰富又独特的世界艺术遗产，同时也是让艺术家和诗人找到灵感之都。

古代竞技场是阿尔勒最主要的地标建筑，在这个小镇的任何地方都可以看到。根据相关资料记载，阿尔勒古代竞技场修建于公元前1世纪罗马时代的圆形角斗场，大约有1900年的历史。虽然规模上要比著名的罗马斗兽场小很多，但是历史比罗马圆形斗兽场还早100多年。

建于1世纪末的古罗马剧场就在竞技场旁边，是一座希腊－罗马式的露天圆形剧场，是罗马时代的娱乐圣地。剧场在几百年里遭到了不同程度的拆卸与分割，目前仅存两根古罗马柱，被当地人戏称为“两寡妇”。

虽然剧场遭受到严重的破坏，但如今这里被重新用作表演场所。特别是在夏天，经常在这里进行音乐会表演。在没有屏障的星空下聆听动人的演奏，是一种很浪漫又特别的感受。

（选自《作家文摘》第2177期）

诗歌里的布鲁塞尔

◎ 晴晏

夹杂在英法德荷几大国之间，比利时首都布鲁塞尔在混乱时局下的安宁与宽容历来都被文人及流亡人士推崇备至。在他们逗留期间，留下了很多关于这座城市的诗篇。

雨果的好印象

1837 年，35 岁的雨果站在布鲁塞尔大广场，仰望宏伟的市政厅，在笔记里写下：

> 市政厅这块珍宝，是诗人炫目的奇想落在建筑师头上成了灵感，广场则是个奇观。

如此好印象，也许是雨果在 14 年后离开法国流亡时，选择布鲁塞尔作为安身之所的原因。1851 年底，由于反对死刑和复辟，雨果与拿破仑三世决裂。在一个寒冷的冬夜，他带着两个行李箱，搭乘火车离开法国，来到了布鲁塞尔。他就住在被他誉为全世界最美的大广场旁边，每天在面向大广场的窗前振笔书写。在这里，他开始创作反映拿破仑三世政变后期动乱社会的政治讽刺长诗《惩罚集》。

1871 年巴黎公社运动末期，由于时常在家里招待流亡的巴黎公社社员，5 月 27 号晚上，雨果和他的两个孙子在位于布鲁塞尔的家里遭到了反对者用石头发起的威胁性攻击。雨果将这一情形详细地记录在了《布鲁塞尔一夜》这首诗里，将那个时代的暴力和残酷，都深深地刻在了人类文明的耻辱柱上。

曾经照亮兰波青春的恋情

另一个同样来自法国的天才诗人兰波，曾亲身参与过 1871 年的巴黎公社运动。作为史上最出名的同性恋诗人之一，他曾与同为著名诗人的恋人魏尔伦流连忘返于布鲁塞尔。也正是在这里，俩人发生了一次激烈的争吵，愤怒中魏尔伦用枪打伤了兰波，导致被判入狱两年。

兰波则独自一人回到法国，在悲痛中完成了他短暂一生中最耀眼的杰作《地狱一季》。这位天才少年后来彻底放弃了他曾经视为生命的诗歌，将生命的后半段贡献给了旅行、军队及走私。1891 年，37 岁的兰波因癌症去世。而那段曾经照亮他青春的恋情，都融化在了他的诗作《布鲁塞尔》里：

林荫大道上没有人流，
也没有商铺，静静地，
所有的悲剧和所有的喜剧，
都融于无限的场景里，
我认识你，并默默地仰慕着你。

奥登穿越阴冷的城市

著名诗人奥登也曾于1938年居住于布鲁塞尔。或许他的这句诗比他的名字更为人所知：

> 我们必须相亲相爱，否则不如死亡。

在他的诗作《冬日布鲁塞尔》里，诗人带着我们在这个萧瑟的季节穿越这座阴冷的城市。当他路过被冻住的喷泉和无家可归者的时候，他记录下了那个时代的无情：

> 只有无家可归和真正卑微的人们，
> 才想确切知道他们身在何处。
> 他们的凄惨集中了一切命运，
> 冬天紧抱着他们，像歌剧院的石柱。

狄更生与布鲁塞尔的神交

相比之下，美国最重要的女诗人之一艾米莉·狄更生与布鲁塞尔之间的联系显得更像是神交：这位深居简出的诗人事实上从未来过欧洲，更别说布鲁塞尔了。然而，在她早期的诗作中却有那么一首提到了这座城市。

在19世纪初的欧洲甚至全球，布鲁塞尔地毯都曾经是地位和财富的象征。地毯编织工艺曾经给这座城市带来过无比的荣耀。

狄更生在诗作《Of Brussels–it was not》中，用美妙的词句，编织了一条由森林、太阳和地球组成的精美地毯，令你恨不得马上离开办公室走入森林。而这条地毯，其实并非真的是指布鲁塞尔地毯，更应该是大自然的杰作。

（选自《作家文摘》第 2179 期）

新新饭店话名人

老杭州人都知道，现在的新新饭店是由招贤寺、孤云草舍（建于 1913 年，现称西楼）、“新新旅馆”（建于 1922 年，现称中楼），以及秋水山庄等省级文物保护建筑楼群组成。

民国时期，名人到了杭州大多下榻新新饭店，那里是西湖边上不变的地标。宋氏三姐妹、徐志摩、鲁迅、张爱玲、巴金、芥川龙之介等，有的只是过客，有的则留下刻骨铭心的记忆。

名人恋情

1923 年 6 月 8 日上午 8 点 15 分，胡适在上海梵王渡站上火车，下午 1 点 10 分到达杭州。这天，是林社祭日（纪念清光绪时杭州知府林启），他和先期抵达的高梦旦（时任商务印书馆办编译所所长），以及林启的后人一起参加了纪念活动。

就在这个黄梅天，他入住了新新旅馆中楼 403 房间。那次，说是出差，其实胡适是为了看表妹曹诚英（字佩声，是中国农学界第一位女教授、著名作物遗传育种专家。《胡适日记》里也写成“珮声”）。

曹佩声是胡适三嫂曹细娟同父异母的妹妹。1917 年，胡适和江冬秀的婚礼上，这个新郎官第一次看到了作为伴娘的表妹，甜美动人。而后，表妹在杭州第一女子师范学校读书，结婚三年后，20岁的她离婚了。

其实，两个月前的4月29日，胡适才刚刚来过杭州，那次也是去上海出差参加一个会议，休会期间，他飞奔到杭，看望已经离婚的表妹。当晚，住在新新旅馆的胡适，在日记里写道，有两天脚很肿。5月3日离开时，他写下了《西湖》，最后一段是这样的：

> 听了许多毁谤伊的话而来／这回来了，只觉得伊更可爱／因而不舍得匆匆就离别了。

伊，是西湖，也是她吧。

才过了两个月，他又来了，和蔡元培、高梦旦一起住在新新旅馆16天。但6月24日，他送走了友人，以身体欠佳且假期未满为由，独自留在杭州继续休养，并把行李搬到杭州南高峰烟霞洞旁的清修寺，表妹也上山了。这段山中的日子，成就了著名的烟霞洞之恋。

名人客房

如今的新新饭店利用名人效应，将更多的客房打造成名人房。

“人间四月天”，房名取自林徽因的同名作品，说是著名建筑师林徽因和梁思成夫妇曾经在这里住过。“人间四月天”的斜对面是“家春秋”房，一定是巴金曾住过的。

“百草园”房的设计，很能说明鲁迅的生平。房内有日式榻榻米，有绍兴风味的桌子椅子。房间的结构一半中式一半日式，别具一格。鲁迅房搞成这个样子，就体现了鲁迅的特色，家乡情怀和留日经历。

值得一提的是新新饭店西楼的“孤云草舍”，那是一栋保存完好的别墅，老房子，中西合璧，回廊巨大，穹顶高耸，风格洋为中用，名字中为洋用。“孤云草舍”取名来自孤山上的石刻“孤山一片云”。

“孤云草舍”又名“赌气楼”，这里早年是浙江名人刘墉四儿子的别墅。据载，“赌气”之意有二：当年刘家造访何庄，何庄人看不起刘家人穿土布衣，说南浔话。一赌气，刘爷便在何庄旁边购地，建成同样是三层楼，高度却相当于五层楼的别墅。更大的赌气，是修成后自己不住，却让同乡，时任浙江省主席的朱家骅入住。朱家骅入住，赋予了别墅省长主席官邸之名气。从此“孤云草舍”名声在外，大人物频繁云集，大涨了刘家志气。

也是在“孤云草舍”，西安事变之后，蒋中正的文胆陈布雷，在此替他整理日记。被认为是研究西安事变的重要史料之一的“西安半月记”，在此起草。

有一件小事值得赞赏，2002 年，新新饭店收到法国设计公司的通知。作为当年的设计方，他们告知新新饭店：“饭店 80 年的保养期已到，请注意使用安全。”接到通知后，饭店进行了多次整修，最为彻底的是在 2016 年 G20 峰会之前那次。也因此，那间法国公司的专业道德和工作作风，受到了中国人的赞许和敬佩。

名人菜单

如今，新新饭店一直致力于重现原汁原味民国风，推出的“民国名人餐”里的每一道菜都大有来头——“美龄色拉”“甜美岁月罗宋汤”“中正江白钱江鲜”就是当年蒋介石和宋美龄在新新饭店享用过的菜品，沿用了当年的烹调方法，如手工特调沙拉酱、“饿养”鲈鱼等。

新新饭店旁的秋水山庄，是报业大亨史量才为妻子沈秋水所建。套餐中的“秋水伊人拿手菜”灵感来源于此，采用徽派烹调，主材为西湖血鳝。

几道菜色中，最有名的还数“胡适家乡菜”，清淡的菜色背后却是胡适与其表妹曹诚英一段不平凡的恋情，发生地就在新新旅馆，至今饭店里还保留着“胡适房”。

（选自《作家文摘》第 2195 期　小冰　贝楚楚等文）

茨威格的巴西归宿

1942 年，完成自传《昨天的世界》后，茨威格同夫人伊丽莎白·绿蒂在巴西里约热内卢近郊的寓所内双双服毒自杀。这位出生于维也纳的犹太人，终身视欧洲为精神故乡，游历遍北非、印度、美洲，最终选择在巴西这个国家结束了自己的生命。

自由感受

1933 年，希特勒上台，茨威格被迫离开故土，流亡海外。1936 年，他启程到布宜诺斯艾利斯参加世界作家大会，顺便游览巴西。

对巴西一无所知的茨威格来到里约热内卢，完全不曾料到这里会成为他一生中最难忘的地方：

> 在我面前的并不仅仅是世界上最雄伟的景色，不仅仅是海山之间独一无二的组合或是热带的城市与自然风光，还有一种全新的文明形态。

茨威格在巴西自由游览，自由感受，自由地思考与写作。他登上过里约热内卢的贫民窟，参加过巴伊亚和累西腓的狂欢活动，走遍了圣保罗。最让茨威格印象深刻的是：

（巴西国家面积）大得不可思议……如同一块大陆，足以容纳三亿、四亿甚至五亿人口。

他断言，这个当时在工业、建筑、各种领域刚刚起步的国家将来的重要性将不可估量：

这种惊人的发展速度也让我抛去了欧洲的自大，仿佛卸下了一个沉重的包袱。我明白，我已经看到了世界的未来。

有太多新鲜的元素让他无比憧憬，兴奋不已：亚马孙丛林上散布的村落和当地人的原始生活；航行在奔腾河流上的船夫；巍峨的伊塔蒂亚亚山上可以眺望巴西高原；壮阔的伊瓜苏瀑布巨大水量打击出泡沫……他曾经计划用 20 天的时间，沿亚马孙河逆流而上，穿过一望无际的密集丛林，但未能成行。

理想故乡

实际上，充满异域风情的探险计划大多都没能实现。茨威格仅仅接触到巴西的一个小小的侧面。他对巴西的热情，无法避免有一种外来者的美化滤镜。

不过这不难理解，种族问题，在茨威格身处的欧洲，比以往更加疯狂，纳粹人妄图创造出最纯粹的人种。而在巴西，不同种族间相互融合、互惠互利，奇迹般地形成了各具特色的群体。在这片土地上，有葡萄牙殖民者的后代，也有土著人的后裔，还有无数黑人以及来自意大利、德国甚至日本的殖民者的后裔。在这里，尽管种族、肤色不同，彼此间却能求同存异，和平共处。

当然，茨威格也意识到巴西发展才刚刚起步，远远没有到达理想状态。只不过，茨威格对所谓的“文明”“文化”已经充满怀疑，他不认为彼时欧洲的秩序和舒适真正为人们带来了什么福音，反而是带着他们走向了悬崖边缘。在他眼中，厌恶战争、和平主义的巴西才是真正值得效仿的国家。

在《巴西：未来之国》一书中，茨威格为这片心爱的国土撰写了一篇“传记”，从历史到现在，再到未来，他用饱含热情的笔触记述着自己心目中的乌托邦。

佩德罗波利斯故居

从里约热内卢往北 68 公里，有座城叫佩德罗波利斯。这名字的前五个字母 Petro 来自巴西第二个（也是最后一个）皇帝 PedroII（佩德罗二世）。这里地处巴西少有的山陵地，气候凉爽，建有佩德罗二世的夏宫。

茨威格的故居就在这个小城，茨威格不仅在此住过，而且在此故去。茨威格故居是栋平房，顺陡坡而建，北面依山，南面临空。进得院门，有 50 余台阶。拾级而上，左侧是花园，设有黑白棋盘，茨威格在此写下《象棋的故事》。

台阶上到顶，进门便是堂屋。堂屋左手墙上开有一扇门通阳台，馆主介绍，这栋房子的构件里，只有这扇门是原物，门上的瓷质把手被茨威格摸过无数遍。坐在阳台上可览如画山景，茨威格夫妇喜欢坐在阳台上喝咖啡，吃早点。

（选自《作家文摘》第 2197 期）

拉封丹故乡的中国文艺缘

◎ 高冀

距巴黎约一小时车程的小镇蒂埃里堡（又译沙多－吉里），是写过《寓言诗》的拉封丹的家乡。

蒂埃里堡可以说处处都有拉封丹的痕迹。除了拉封丹故居和博物馆，镇中心立有拉封丹的石像，主要街道两侧还有许多带插图的标牌，写有拉封丹最脍炙人口的一些寓言。有的街心公园还立着不同的小雕塑，以“龟兔赛跑”等为主题。此外，还有一年一度的拉封丹节。这座以“寓言之城”作为自己名片的小镇，除了到处是拉封丹的印迹，还与中国的文艺有些奇妙的缘分。

笔名“巴金”的诞生地

巴金曾在这个小镇短暂地住过，在小镇公共图书馆的书架上摆放着《灭亡》《家》《寒夜》《憩园》等作品的法文版。

小镇的拉辛中学有一块巴金的纪念牌，这所中学在巴金读书时叫拉封丹中学，门口有 2009 年设立的中法双语纪念牌，还附有巴金在学校寝室看书时的照片。

2009 年，蒂埃里堡曾举办“巴金年”，组织了一系列介绍巴金和中国文化的活动。拉封丹博物馆还编了一本题为《巴金，拉封丹故乡的一位人民作家》的论文集，收录了许多珍贵资料和图片。

在蒂埃里堡的生活是巴金格外珍惜和留恋的一段岁月。他在离开法国后，还以蒂埃里堡的生活为题材写过几个短篇，包括《洛伯尔先生》《狮子》《老年》和《墓园》等。

蒂埃里堡是巴金文学之路的起点，也是“巴金”这个笔名的诞生地。

年轻的李尧棠在写完《灭亡》后，想署一个笔名。那时，他认识的一位中国同学巴恩波自杀身亡。尽管彼此并不熟，在异乡听到这一消息却令他十分痛苦。“金”源自李尧棠正在翻译的俄国无政府主义代表人物克鲁泡特金的著作，但“巴”是巴金为了纪念客死他乡的巴恩波同学，而并非很多人认为的是另一位俄国无政府主义者巴枯宁。这一点巴金自己在 1958 年的《谈（灭亡）》一文中也写到过。

谁是 Lao 先生

在一份 1985 年 7 月 12 日法国埃纳省地方报纸的报道中，有一份由 Lao Chin Hua 曾经的邻居帕尼耶写的有关 Lao 先生的简要生平介绍，并附有很多珍贵图片。

从证件上的汉字看，Lao Chin Hua 的汉字是“刘振华”，籍贯是福建厦门的禾山镇。1929 年秋，刘振华在蒂埃里堡拉封丹中学入学。后来由于经济困难，不得不放弃学业开始做工，很快在家具制作、装饰艺术和绘画等方面崭露头角。短短几年后的 1935 年，刘振华的作品就已在蒂埃里堡当地的艺术展上展出。1937 年，他创作的两件表现蒂埃里堡风光的作品代表埃纳省在巴黎举办的世界博览会上展出。1955 年，小镇举办了一次拉封丹节，刘振华造了一辆以拉封丹为主题的花车，吸引了很多人的注意。

2009 年 9 月，在蒂埃里堡的“巴金年”之际，小镇的图书馆组织了一场关于刘振华生平及创作的展览，旨在让更多的人了解这位来自中国的蒂埃里堡艺术家。

诗人元帅的足迹

在论文集《巴金，拉封丹故乡的一位人民作家》里，勒让德尔先生的文章《1920 年蒂埃里堡的中国学生》引用了一份 1921 年 4 月拉封丹中学的中国学生名单。上面有一个熟悉的名字“Tcheng Yi 陈毅”。文章详细介绍了 1920 年至 1921 年期间，蒂埃里堡拉封丹中学开始接收中国学生的种种情形，还提到，蒂埃里堡也有学生加入占领里昂中法大学的“里大运动”。当时法国失业率上升，大批留法勤工俭学学生被辞退，使得这些学生陷入极困苦的境地。很多学生于是寄希望于新设立的里昂中法大学。

1921 年 9 月 17 日，包括蔡和森、赵世炎、李立三（时名李隆郅）、李维汉、王若飞、向警予、陈毅在内的学生代表召开大会，提出“誓死争回里大”“绝对不承认考试”等诉求，号召全法各学校各工厂的勤工俭学学生前往里昂抗争。9 月 21 日，百余位先发队成员进入里昂中法大学，很快被校方请来的法国警察拘禁。10 月 14 日，蔡和森、李立三、陈毅等 104 人从法国南部的马赛港被强行遣送回国。

《陈毅年谱》中有这样一段记述：“1921 年 3 月上旬，中国驻巴黎领事馆传出：在校者可由领事馆继续维持学膳费；候工者可以入校；不愿入校者，每日发给维持费三法郎。陈毅闻讯后，旋即入圣日耳曼公学读书，后又改入沙多居里公学。”“沙多居里”即蒂埃里堡的音译。由此推测，在蒂埃里堡拉封丹中学几个月的学习便是陈毅在法国留学的最后一段时光了。

陈毅爱好文学，喜欢写诗作文。1923 年，他进入北平中法大学文学院学习，并加入了著名的文学社团“文学研究会”。1925 年前后，他翻译过缪塞、拉马丁、弗朗索瓦·科佩等 19 世纪法国文人的一些作品，还发表过介绍莫泊桑的文章。直到 1955 年 4 月，陈毅随周恩来访问缅甸途中经过昆明，见到在云南大学讲授法国文学的留法同学张若名，仍然饶有兴致地谈起法国作家纪德和巴比塞的作品，抒发自己的见解。两年的留法生活，让中国的诗人元帅与法国文学结下了毕生的不解之缘。

（选自《作家文摘》第 2078 期）

达·芬奇最后的居所

◎ 何萍

达·芬奇生命中的最后三年是在法国卢瓦尔河谷度过的。

1516年，在法国国王弗朗索瓦一世的盛情邀请下，达·芬奇从罗马千里迢迢而来，踏上法国的土地。他骑行的骡子背上，驮着三幅他最心爱的油画，其中就有如今收藏于卢浮宫的《蒙娜丽莎》。

弗朗索瓦一世极其崇拜达·芬奇，他赠给大师一幢精美的别墅和丰富的年金。在这里，画家整日沉浸在无拘无束的创作中，尽情地挥洒着激情和想象力。他多才多艺，身兼工程师、建筑师、导演、时装设计师多职。他甚至在这里预料到自己的死期，提前写下遗愿，并皈依上帝。

在学生的陪伴下，达·芬奇在这里接见了慕名前来的各界名流，既有阿拉贡的红衣主教，也有艺术家和建筑师。他的别墅与庄严华丽的昂布瓦斯城堡相距仅几百米，有地道相连，便于和住在城堡的贵客们随时串门。但年久失修造成了结构坍塌，地道如今已经不通了。

这座外表朴素古拙的别墅有非常现代的室内设计理念，空间的开放与通透在视觉上扩大了实际的面积。书房两面开窗，正对楼下小而精致的文艺复兴式花园。下午的太阳斜照在造型奇特的柏树上，长长的影子静静洒落在铺满碎石的小径上，当年的达·芬奇就从这里进进出出，吸收从自然得来的灵感。

在别墅的走廊和楼梯间，悬挂了很多达·芬奇的手稿和复制品，包括线条潇洒的时装画，以及构思巧妙的机械模型。看着他制作的精致奇妙的桥梁模型，我们不得不相信：达·芬奇确实是上帝送给人类的一份大礼。

为了迎接达·芬奇逝世500周年，从2003年到2016年，这里完成了从别墅外面7公顷的花园到室内的完整修复。

有着丰富经验的历史建筑修缮师们，用了四年的时间修复了中世纪的墙。来自15个不同领域的30位学者和工匠，花了两年的时间修复了100平方米的工作室、图书馆和书房。他们凭借着对达·芬奇的敬仰和对其工匠精神的尊崇，将每一个细节都还原到令人难以置信的程度。他们用文艺复兴期间使用的颜料绘制了壁画，按照历史资料草图重制了房间里的家具，竭尽所能“捕捉”大师当年最爱的气氛和神韵。

在工作室里，达·芬奇的手稿自然地散落在工作台上，各种角度的速写和完成的青铜像正暗示我们：大师仍在推敲每个细节呢。

文艺复兴时期常见的柜子格架上，陈列着达·芬奇收集的各种珍奇物品，既有指南针、地球仪、钟表等结构精巧的工匠制品，也有从深海里捞到的美丽螺壳等自然“宝藏”。

这里的每一件物品都曾经被他抚摸，他在其中悟出不少“天机”，并运用到自己的发明创造中。

从香柏瑞博物馆借来的《圣安娜》原作是他当年骑在骡背上的画作之一。近些年通过各种高科技手段对此作品进行了研究，结果发现，大师手稿中对圣安娜服饰所作的研究的画纸来自于法国，由此推断，当时这幅画从意大利来到卢瓦尔河谷时仍处于创作过程中，甚至有可能在大师去世的时候这幅画作仍未完成。凝视着这幅堪称完美的原作，以及旁边画架上的颜料和似乎未干的画笔，好像大师刚刚放下笔到下面的花园散步去了，正在那里思考如何改动某个细节。

室外的达·芬奇花园里，有一座橡木制作的拱桥，是按照他 1502 年为伊斯坦布尔设计的一座拱桥复制的。即使在 500 年后的今天来看，这座长达 360 米的桥也是非常超前的设计，简单的线条优雅而时尚，却解决了桥梁建筑上的大问题：优美的两道抛物线构成了桥的支撑结构，巧妙地运用了两拱的对抗力解决了跨度大的承重问题。

既有对细节的推敲，又有果断的大手笔。在前往昂布瓦斯城堡探访达·芬奇墓的路上，达·芬奇手记里的一句话突然就跳了出来——“伟大的作品是由细节构成的，但仅有细节是不够的。”

（选自《作家文摘》第 2081 期）

名人的冰上奇缘

◎ 郭磊

北京的现代冰上运动是在20世纪初传入的，起初主要是在潞河中学、燕京大学这样的教会学校中开展，五四新文化运动之后，滑冰运动在北京渐渐热起来，“摩登男女，不分太太小姐、男女学生皆争赴之。”（王健吾《华北之体育》）

王洛宾偏爱滑冰

1928年，通州潞河中学来了一名15岁的新生，这名新生因为嗓子好，很快成了学校基督唱诗班的佼佼者。在这里，他找到了自己的兴趣所在，并逐步走向了传奇的音乐之路，他就是“西部歌王”王洛宾。

除了音乐，王洛宾对新奇的体育运动同样充满着好奇和兴趣，他的游泳和滑冰就是在这里学会的。潞河中学的校园内有一个大湖和三四个小湖，夏天为天然浴场，冬天则为天然冰场，滑冰的条件非常好，附近华美学校的外国人也会来滑冰，因此这所学校是北京最早开展滑冰运动的学校之一。

1937年卢沟桥事变爆发后，王洛宾前往山西参加了八路军，后又到过陕西、甘肃、青海、宁夏等地，创作了一批抗日歌曲。在青海生活期间，王洛宾创作了很多成为他代表作品的歌曲，如《在那遥远的地方》《半个月亮爬上来》《掀起你的盖头来》等等。王洛宾不仅把美妙的歌声留在青海，他还给青海带去了滑冰运动，成为青海滑冰史上有名的倡导者。1944 年，湟中滑冰场设立，他在这里做过滑冰表演，博得观众阵阵掌声。

“化装溜冰会”成一时盛事

1926 年 1 月 31 日，北海公园向公众开放的第一个冬天，一场由中外滑冰爱好者参加的“化装溜冰会”就在这里举办，并逐渐成为之后每年北京冬日里的一件盛事。

左联作家胡也频曾在他 1930 年发表的小说《到莫斯科去》中对北海“化装溜冰会”进行了很精彩的描写：

> 月光皎洁地平铺着。冰上映着鳞片的光……溜冰的人正在勇敢地跑着，没有一个溜冰者不做出特别的姿态。许多女人都化装做男人了：有的化装做一个将军，有的化装做一个乞丐，有的又化装做一个英国的绅士。男人呢，却又女性化了：有的化装做一个老太婆，有的化装做一个舞女，有的化装做一个法国式的时髦女士，有的化装做旧式的中年太太。还有许多人对于别种动物和植物也感到趣味的，所以有纸糊的一株柳树，一个老虎，一只鸽子，一匹牝鹿，也混合在人们中飞跑着。

萧氏姐妹非常出名

参加化装滑冰的人当中，萧氏姐妹非常有名，她们在冰场上的风姿经常出现在当时的一些报刊上。

萧氏姐妹是中国专业音乐教育的奠基人和开拓者萧友梅先生的侄女，姐妹当中最负盛名的当属画家萧淑芳。萧淑芳 1911 年出生于天津，1920 年随父亲萧柏林举家迁到北京，1926 年进入国立北平大学艺术学院学习，1948 年在恩师徐悲鸿先生的见证下与吴作人结婚。她的作品明快简洁、风格隽永，在中国画坛有很高的声望，由于她经常以紫鸢、丁香、杜鹃、百合等花卉入画，所以有“花神”的美誉。

在北京学习绘画期间，每到冬天，她会带着冰鞋和画笔到北海公园写生，画累了，就到冰面上滑上一阵子，滑累了，再坐下来写生。此时的萧淑芳正值青春年华，光彩照人，衣着时尚、得体，滑冰和写生时也从来不会草草处理自己的着装。那时女子绘画和滑冰都是非常时尚的，可以说她集各种时尚元素于一身，是旧时代新女性的典型代表，因此那段时间她成为北海公园一道亮丽的风景，带动了不少的滑冰爱好者。

萧淑芳不仅喜欢滑冰，还潜心钻研滑冰技艺，1935 年在北平中南海冰场举办的华北运动会冰上表演大会上，她获得了冠军。

这届比赛是中国第一次举办的区域性现代冰上项目运动会，由于华北（含东北）独特的地理位置，这届华北冰上运动会虽然没有冠以“全国”字样，但是参加者已经具备了全国的特征。因此萧淑芳的这个冠军可以说是中国第一个女子花样滑冰的冠军，她的妹妹萧淑庄代表河北队参赛，获得了第四名。

林海音滑冰结良缘

在这届具有重要意义的比赛中，获得花样滑冰男子组第二名的夏承楹和他的妻子林海音有着深厚的冰上情缘。

夏承楹是清末举人夏仁虎的儿子，曾在《世界日报》当记者，他是个体育迷，滑冰、台球、排球无一不通，这其中最喜欢也最擅长的莫过滑冰。

《城南旧事》的作者林海音也非常喜欢滑冰，1934 年，16 岁的林海音考入成舍我先生创办的北平新闻专科学校，在校期间一边读书一边到《世界日报》当实习记者，1937 年毕业后正式担任《世界日报》记者。

俩人同在《世界日报》工作期间，林海音对同事中这位滑冰高手充满了好感。由于俩人“工作相谐，志同道合”，1939 年 5 月走进了婚姻殿堂，在北平东单三条协和礼堂举办了盛大的新式婚礼，那一年夏承楹 29 岁，林海音 21 岁。婚后，俩人还经常一起到冰场上去滑冰。

（选自《作家文摘》第 2094 期）

张爱玲视野里的哈同花园

犹太商人的创举

上海滩最成功的犹太商人哈同当年在南京路有两个轰动一时影响深远的举动：铺出了一条“红木马路”和建造了一个现实版大观园爱俪园。

20 世纪初，上海公共租界铺设有轨电车，工程从外滩穿过南京路到静安寺，翻修南京路的路面，哈同异想天开，拿出 60 多万两白银买进铁黎木，切割成 400 万块木块，铁黎木结实而富有弹性，吸水性好快速吸干雨水。此举引起坊间热议，添油加醋地将铁黎木传成了历来名贵的红木，于是有了“红木马路”的传奇。

爱俪园，一般上海人愿唤作哈同花园。哈同花园占地 100 多亩，中国传统园林风格，山石池水，舸舫亭阁、奇花异草，20 多个景点，打理的似仙境一般。当年它是上海乃至中国最大私家园林。

100 多年过去，哈同留下了城市空间的奇迹，而其花园已荡然，张爱玲以香港生活背景的小说《连环套》却为哈同花园记上了一笔：

在哈同花园外面，我又遇见了她，站住在墙跟下说了一会话……哈同花园的篱笆破了，墙塌了一角，缺口处露出一座灰色小瓦房，炊烟蒙蒙上升，鳞鳞的瓦在烟中淡了，白了，一部分泛了色，像多年前的照片。

电车绕了个弯

我喜欢听市声。比我较有诗意的人在枕上听松涛，听海啸，我是非得听见电车响才睡得着觉的。

张爱玲与电车的不解之缘源自于他们相似的命运——绕了个大弯！

1939 年，张爱玲首次入住爱丁顿公寓，是年 9 月赴香港大学留学。1941 年，太平洋战争爆发，香港被卷入日军炮火，张爱玲死里逃生，于 1942 年返回爱丁顿公寓。这一次绕弯直接让张爱玲横空出世，在爱丁顿公寓里成了公寓作家，诸多名篇都在这公寓中写成，其中包括《公寓生活记趣》。

1908 年 3 月 5 日清晨，英商第一条有轨电车 1 路电车从赫德路（常德路）电车场开出，为上海电车运营之嚆矢。1 路电车由外洋泾桥起至静安寺终。按常理，1 路有轨电车西段线路从静安寺站开出，沿静安寺路一路向东才顺道，而实际线路是先绕开静安寺路走爱文义路（北京西路），行驶至爱文义路卡德路口转弯，沿卡德路向南再折回静安寺路继续向东行驶。1936 年，爱丁顿公寓建成，1 路电车就从楼下经过。

关于 1 路电车的绕弯，有诸多说法。最多一说是哈同的阻拦，坊间相传哈同为了使住所环境清静，故让电车绕开哈同花园门前的静安寺路，改道爱文义路。

对比坊间传闻，哈同不喜电车的叮叮当当，张爱玲的文学通感正相反，她在《公寓生活记趣》中有一段经典的文字：

> 我们的公寓近电车厂邻，可是我始终没弄清楚电车是几点钟回家。

"电车回家"这句子仿佛不很合适——大家公认电车为没有灵魂的机械，而"回家"两个字有着无数的情感洋溢的联系。

阳台上的华丽与苍凉

张爱玲在《我看苏青》写道：

> 我一个人在黄昏的阳台上，骤然看到远处的一个高楼，边缘上附着一大块胭脂红，还当是玻璃窗上落日的反光，再一看，却是元宵的月亮，红红地升起来了。我想道："这是乱世。"

胡兰成在《民国女子》中的记述：

> 第二天我去看张爱玲。她房里竟是华贵到使我不安，那陈设与家具原简单，亦不见得很值钱，但竟是无价的，一种现代的新鲜明亮断乎是带刺激性。阳

台外是全上海在天际云影日色里，底下电车当当的来去……爱玲与阳台外的全上海即是这样的相望相识，叫一声都会来到房里似的。

世人讨论张爱玲时最经典的说法：华丽与苍凉，应该说张爱玲“华丽与苍凉”冷眼旁观的感受，少不了爱俪园所蕴含的时代兴衰，哈同花园本身就是一个能强烈触发感觉的外景地。

张爱玲 1939 年第一次搬入爱丁顿公寓，也许能够看到哈同花园最后的挥霍。据说哈同 1931 年去世后，其妻子罗迦陵变卖产业，更加挥霍了起来。而到了 1942 年，张爱玲再度住回爱丁顿公寓，此时哈同花园盛景不再：太平洋战争以后，日军占领租界，哈同花园的财产也被日军接管。此后某日，哈同花园忽遭大火……

（选自《作家文摘》第 2344 期）

绍兴处处阳明迹

◎ 郑休白

1481年，高中状元的王阳明父亲，因常思山阴山水佳丽，带着10岁的王阳明，从余姚迁居位于绍兴府城西迎恩门内的山阴县光相坊。从10岁到18岁，王阳明都生活在绍兴。而此后沉浮于宦海的王阳明又多次回到绍兴“了悟心性”。嘉靖七年（1528），王阳明病逝于江西南安（今江西大余县）。次年，王阳明灵柩从南昌运回绍兴，归葬兰亭洪溪。

如今，阳明府第、阳明洞天、稽山书院、阳明书院、阳明墓等遗迹和遗址都在绍兴。一座绍兴城，处处阳明迹。

故居那一场大火

王阳明故居，坐落在绍兴市区王衙弄，也称“伯府第”，与全国文保单位吕府隔弄相望。

伯府原有楼房50间，北有观象台，南有碧霞池，东靠王衙弄，西至船舫弄，不仅规模宏大，而且用材讲究。其中的伯府大厅，均用楠木构筑，器宇轩昂，足可容纳百人。可惜伯府在太平天国时被焚烧，现仅存石门三柱，旧屋数间。只有那沿池附着的杂草绿苔仍透出一种强韧的生命活力，丝丝缕缕诉说着伯府当年的繁荣和风光。

春日的阳光照在碧霞池上，波光粼粼。仿佛看到，55岁的王阳明站在碧霞池天泉桥上，目光如炬，面对得意门生钱德洪、王畿，款款授立四句教：“无善无恶心之体，有善有恶意之动。知善知恶是良知，为善去恶是格物。”这在中国哲学史上被称为著名的“四句教”（亦称“天泉证道”），融儒释道于一体，揭示了阳明心学的核心之所在。

阳明洞修身养心

弘治十五年（1502），王阳明因病归越，筑室阳明洞天，整整3年，修身养心。

阳明洞位于绍兴会稽山，是绍兴最古老的名胜古迹之一。相传4000多年前的大禹，在平定水患之后，划定九州，巡游江南，登会稽、探禹穴，在此留有金书玉简。大禹去世后埋葬会稽山，是为大禹陵。大禹所到的禹穴，后来被民间认为是阳明大神所居，于是成为道教的仙洞，称为“阳明洞天”，列为道教“三十六洞天，七十二福地”中的第十洞天。洞天标志是一倾斜的巨石，称飞来石，贺知章等唐宋名贤曾在此石上题刻。阳明洞天，早在唐代就有名了，有白居易《和微之春日投简阳明洞天五十韵》一诗为证。

年仅31岁的王阳明择此佳境，结庐筑室，并非魏晋名士放浪形骸式的洒脱，也不是唐宋诗人们惬意迷醉式的吟唱，而是一种“敢将世道一身担，显被生刑万死甘；满腹文章宁有用，百年臣子独无惭”的责任感使然。在阳明洞3年参悟，王阳明率性将阳明作了自己的别号，并自称阳明山人。在这个阳明洞天，王阳明开始了他的第一次收徒讲学。

绍兴城传道授业

绍兴城里府山风雨亭处，原有一个名闻遐迩的稽山书院，为范仲淹出任越州知州时创建。可惜至元末曾一度荒废。直到明嘉靖三年（1524），绍兴知府南大吉及山阴县令吴瀛拓建稽山书院，以后，王阳明便在此系统阐述了“致良知”思想，稽山书院再度成为当时国内最著名的书院。如今再也见不到当年的书院，但《古文观止》中王阳明那篇《稽山书院尊经阁记》，让书院以精神的形态走进了中国文化史册。

从正德十六年（1521）八月至嘉靖六年（1527）九月，王阳明因卓越功勋遭受朝廷猜忌，回绍兴专事讲学，奔波往来于绍兴城内的新建伯府、阳明书院、阳明洞天、稽山书院和余姚龙泉山中天阁等讲学地，为日后阳明心学形成燎原之势培育了火种。

（选自《作家文摘》第 2347 期）

英国诗人为何偏爱罗马

◎［英］埃玛·劳/文　伊嘉/译

罗马的魔力激发了许多作家的创作灵感，但这座城市与英国浪漫主义诗人拜伦、济慈和雪莱的联系也许最为著名。这三位诗人都曾生活在这座“永恒之城”，他们的作品继而吸引着大量游客。那么，为什么罗马对诗人、小说家、剧作家以及各类文学大家有如此大的吸引力？

就济慈而言，答案很简单：好天气。1820年，这位体弱多病的诗人来到罗马，因为医生告诉他，伦敦的寒冷天气可能会导致他死亡。他患有肺结核，希望温暖的地中海气候能使自己的身体好转。然而，济慈的健康状况持续恶化，第二年，在其位于西班牙台阶旁的寓所（现在是济慈-雪莱纪念馆）去世，年仅25岁。

他生前时常喜欢在博盖塞公园的绿荫下散步，喜欢爬上宾西亚小山丘，俯瞰波波洛广场美景。他也是附近“古希腊咖啡馆”的常客，这是罗马最古老的一家咖啡店，于1760年开业，是许多文化名人经常光顾的地方，包括作家马克·吐温、著名导演奥森·威尔斯，当然还有浪漫主义诗人雪莱和拜伦。

济慈来罗马是为了晒太阳，而与他同时代的拜伦和雪莱来这里则是为了从古代遗迹中获得灵感，感受这座有着2000年历史的城市气氛——这与今天的游客很相似。拜伦在威尼斯和比萨待的时间比在罗马多，但这座“永恒之城”仍极大地激发了他的想象力。拜伦在他的四部叙事诗《恰尔德·哈罗德游记》中，将罗马描述为“灵魂之城”，并谈到了它的最具标志性的古迹：“竞技场屹立不倒，罗马就屹立不倒；竞技场倒下，罗马也会倒下；而当罗马倒下时，世界将一同倒下。”

在拜伦的时代，旅行只属于富有的精英阶层，所以罗马的古代遗迹不会像今天这样挤满了游客。为了重现拜伦所感受到的奇妙氛围，有些旅行社甚至提供夜间导游，允许游客进入限制区域。

雪莱在罗马之行中也参观了竞技场，但真正吸引他的是鲜少有人光顾的卡拉卡拉浴场。他在花草丛生的废墟中度过大量时间，写下了脍炙人口的杰作《解放了的普罗米修斯》。幸运的是，对于文学爱好者来说，卡拉卡拉浴场经常被游客忽视，是感受这个城市古老宁静气氛的绝佳场所。

尽管雪莱在 1819 年幼子去世后离开了罗马，但他后来在长诗《阿童尼》中写下了“去罗马吧”的诗行，这是一首献给挚友约翰·济慈的挽歌。就在即将迎来自己 30 岁生日之际，雪莱在海上因船倾覆溺水身亡。他的遗体火化后，骨灰被安葬在罗马的新教公墓。济慈的最后安息之地也是这里。这个墓园——泰斯塔乔附近一片郁郁葱葱的绿洲——现在已经成为诗人粉丝们的朝圣之地。

（选自《作家文摘》第 2353 期）

在汉堡寻找披头士痕迹

◎ 王萧久

汉堡算是披头士的半个起源地，年轻的成员们在 20 世纪 60 年代初，经常穿梭在德国汉堡的各类俱乐部进行演出，也就是从那时起，他们开启了征服全世界的历程。

那些打不完的网红卡

建于 2008 年的“黑胶唱片广场”的正式名起得非常直白，就叫“披头士广场”，是为了纪念汉堡在披头士乐队发展中的历史地位和巨大作用而建的，建成之后迅速成为游客挚爱的网红拍照地，就算不是披头士的乐迷，也会围着广场上矗立的形似乐队成员的抽象钢制雕像合影留念。

作为乐队的诞生之地，披头士的身影早已融入这座城市的骨血之中，汉堡就像他们的故乡利物浦一样，随随便便在街上闲逛，不经意间就能追星打卡一条龙，比如，从披头士广场只需步行三分钟，便能抵达乐队当年首次登台演出的英德拉俱乐部。

英德拉俱乐部因为满是涂鸦的红色外墙着实打眼。铁栅栏大门的旁边钉着一块黄铜标牌，上面写道：“1960 年 8 月 17 日，甲壳虫乐队登上英德拉的舞台。这是他们在德国的第一次亮相，也是伟大传奇的登场。”

走进俱乐部，墙上挂有许多披头士乐队的老照片，酒吧台上还有很萌的乐队成员的 Q 版小玩偶。

“披头士乐队最爱酒吧”

位于大自由街 36 号的国王地下俱乐部与英德拉俱乐部紧邻，它是披头士乐队的第二个演出场所，也是在这里，披头士遇见了日后成为乐队鼓手的林戈·斯塔尔。一张历史性的海报如今仍贴在 36 号的入口处，上面宣传的是洛里·斯通和飓风乐队的演出，开场表演嘉宾是披头士。当时飓风乐队的鼓手，就是林戈·斯塔尔。

如果你饿了，多走一条街推开 Gretel&Alfons 的门就好。这个午夜咖啡馆兼酒吧与 60 年前相比变化并不大。门店招牌上写的揽客语是“披头士乐队最爱酒吧”，虽然有违反广告法用词的嫌疑，但当年披头士乐队在演出结束后确实是总来这里喝上一杯的。

在披头士打拼的那个年代，汉堡就是德国国际音乐发展的热门区域，如今更是欧洲现场音乐的代表性城市。在英德拉俱乐部和国王地下俱乐部所在的大自由街，有无数原创音乐俱乐部争相为这座霓虹灯下的城市配上夜的背景音乐。

“披头士纪念年”

因为疫情缘故，原本属于汉堡的“披头士纪念年”不得不取消了很多线下演出活动，但在 8 月 17 日，乐队首次登台的英德拉俱乐部依旧举办了名为“直播与尖叫”的纪念演出，面向全球在线直播重新编曲的60年前的乐队原版演出。

同一天，易北河畔的汉堡文化地标——易北爱乐厅也上演了纪念披头士乐队的专场。60年前仅在小小舞台上唱起的歌，如今在世界各地的每个角落，都有喜爱音乐的耳朵在聆听。

在汉堡的任意一个旅游商店，都能找到披头士乐队的周边纪念品，冰箱贴、明信片、海报、卡通玩偶等入门级的自然不在话下，想要晋升版的可以去二手店转转，也许会找到披头士乐队标志性的同款紧身皮衣、无领夹克。独立设计师的时髦门店更是淘宝的绝佳场所，黄色潜水艇的T恤或是乐队印花的连衣裙保证不会撞款。

和利物浦一样，汉堡也推出名为“披头士之旅”的特色旅游线路，身背尤克里里的导游会带你走街串巷，寻找披头士当年的痕迹，行至情深处，少不了来几首经典歌曲的大合唱。

（选自《作家文摘》第2378期）

苏东坡的“两个西湖”

◎ 王吴冰

全国西湖有 36 个，与苏东坡有关的西湖不少，“东坡到处有西湖”，杭州、颍州、惠州三处的西湖最为著名。对杭州和颍州西湖，东坡先生已有诗相媲美：

大千起灭一尘里，未觉杭颍谁雌雄。

写此诗时，他尚未看到惠州西湖。

惠州西湖承载诗意人生

深邃的南海、奔流的东江、温婉的西湖，这些不同形态的水系，为惠州平添了几分侠骨柔情。惠州西湖也有九曲桥、苏堤、孤山，自然少不了东坡寺。

苏轼曾两次在杭州为官。第一次是宋熙宁四年（1071），因主张关爱民生，与王安石政见不合，外调地方官，为杭州通判。第二次是元祐四年（1089），又因为民辩护，与司马光政见不合，外调杭州做太守。他在杭州救济灾民、创设医坊、兴修水利、治理西湖，为百姓做了许多好事，留下了千古佳话。

宋绍圣元年（1094），苏轼因“乌台诗案”被贬英州。在赴英州的途中，再贬为宁远军节度副使，惠州安置。

初到惠州的东坡，受到惠州百姓“父老相携迎此翁”的热情欢迎。惠州太守詹范，安排其在官府的接待客栈合江楼居住。然而，16天后，上面严责，令其搬迁到条件恶劣的嘉祐寺居住。

在惠州，居无定所，搬来搬去的苏东坡，不忘造福百姓，办了许多实事。如出资、募捐助建东新桥和西新桥，推广水碓、秧马，解决驻军占用民房问题等。

惠州的红颜知己

和杭州一样，惠州西湖亦有孤山。孤山下有巨石，上刻“东坡园”三个大字。距石刻不远处，有一座铜铸的秧马雕塑。雕塑概括了东坡先生寓惠期间的事迹。居中者，乃东坡先生。先生左起往右，依次是骑秧马插秧的老农，手抓草药的村姑，双手举犀牛腰带的孩童，肩挑稻谷的农夫，还有田头的水碓。

东坡遭贬途中，路过湖北时，见当地农民骑在一种叫“秧马”的农具上，倒退着插秧，省时又省力，便把这种农具介绍到惠州，画图仿制。

惠州西湖的孤山，还有东坡先生的红颜知己王朝云像。朝云墓也已有900多年历史，墓碑上刻着“苏文忠公侍妾王氏朝云之墓”。墓前立六如亭，墓旁丈余，有王朝云手持经书的石雕坐像。

墓碑上“侍妾”两个字，表明墓主的身份，这是时代的特色。巧合的是，陪伴苏东坡的3位女性都姓王。原配王弗，30岁前病逝。苏东坡为怀念她，写过一首《江城子》，“十年生死两茫茫，不思量，自难忘”。继室王闰之，是王弗的堂妹，陪伴东坡25年，是东坡的贤内助。王朝云，字子霞，杭州人，歌女出身，聪明俊秀。12岁时被在杭州任通判的苏轼收为婢女，19岁在黄州时纳为妾。

1096年夏季，惠州瘴疫流行，死了很多人，其中就包括年仅34岁的朝云。苏东坡悲痛万分，按照朝云的遗言，把她埋葬在丰湖的栖禅山寺旁边。

在苏公大起大落的人生际遇中，王朝云一直陪伴在他身旁，和他一起过着颠沛流离的生活，成为他艰难困苦中最大的精神安慰。正如苏东坡所说，朝云对他是“一生辛勤，万里随从”。

惠杭两苏堤，一花两世界

“半城山色半城湖”，惠州的美，在西湖。

这里原本称丰湖，是东坡来之后改的名，可见杭州西湖在他心中的牵挂。这似乎成了他的习惯，两年7个月之后，被贬往儋州，途中路过湛江，虽只停留了两天，也把当地罗湖改名为西湖。

惠州西湖，飘荡着东坡诗文的灵魂。“一更山吐月，玉塔卧微澜”，诗中的西湖夜景令人痴醉。惠州西湖著名景点中的鹤峰返照、苏堤玩月、玉塔微澜、六如禅悟、西新避暑，都与东坡有直接关系。

与杭州西湖相比，惠州西湖面积不及杭州一半。湖中也有苏堤，堤长300多米，比不上杭州苏堤的2700米。杭州苏堤，是杨柳依依，婀娜多姿。惠州苏堤，除杨柳外，还有榕荫拂水。古榕魁伟，气根悬空，千丝万缕，美若长髯。其如云树冠，苍劲挺拔，风雨中愈久弥坚，姿容盛仪，如老之东坡。

惠杭两苏堤，一花两世界。杭州叫“苏堤春晓”，见出勃勃生机。惠州则称“苏堤玩月”，一个“玩”字，道出风情万种。

有为的杭州西湖，他是苏轼，是通判，是太守，是人生的上升期，是甜剧热播。修建苏堤，身为执政官，一声令下，动员聚集10万人清湖淤，堆泥成堤。百姓抬猪前来感谢，太守则令人烧制成“东坡肉”，分发百姓，与民同享，其乐融融。

无为的惠州西湖，58岁，他被贬寓惠时，已“不得签署公事”，薪水也只发一半，是戴罪的看客。修堤搞水利，只能和栖禅院的希固和尚商议了。

寓惠的东坡，无权无钱，只能“明月几时有，把酒问青天”，赋诗“玩月”。只有西湖的水天一色，波光粼粼，春和景明，才装得下东坡的胸襟和诗意盎然。

东坡先生的西湖情结，虽难逃中国士大夫的窠臼与宿命，却也是千百年来中国文化的生命张力所在。

（选自《作家文摘》第2362期）

第三辑

生活舞台

先农坛旧影：北京城南游艺园

◎ 王陈飞

《城南旧事》的作者林海音曾回忆说："……妈妈那时候交给老妈子一块钱，叫她带我们小孩子到'城南游艺园'去，便可以消磨一整天和一整晚。"林海音念念不忘的"城南游艺园"是在先农坛的坛地里建起来的，一向沉寂的先农坛曾经是城南最热闹的娱乐场。

作为旧京"五坛"之一的先农坛，在中轴线上与天坛东西而立，规格只比天坛小一点，但经历坎坷。

中国自古是农业大国，历代对农事都极为重视，始建于明朝的先农坛，是中国古代祭祀等级最高、规模最大的祭农场所。因其是皇家坛庙，除每年祭祀外，闲人免进，所以数百年间这里均古树参天、人迹罕至。八国联军入侵北京时，先农坛被美军占领成为兵营，太岁殿做了军队医院，神仓成为美军司令部，等到美军撤出时，这里已经是一片狼藉。

民国以后，先农坛归属于内务部，可内务部经费拮据，便将先农坛的外坛墙垣拆除，古树、土地标卖。开设中央公园后，南城百姓颇有微词，觉得南城也应该有个公园，民国政府开始动议筹办，还派员去先农坛考察，其中就有教育部社会教育司第一科科长周树人。

1915 年，北京南城的第一座平民公园正式向市民开放，命名为先农坛公园。其后，又将外坛北部和内坛合并为城南公园，并招商开设茶社、饭馆等。1917年北京仿效上海的大世界，在天桥以西的香厂建了一座新型综合游乐场——新世界，生意极为兴隆。广东人彭秀康便有意仿效这一模式，租用先农坛外坛北段的园地，于1918年开办了城南游艺园。

作为当时的综合娱乐场所，城南游艺园可谓应有尽有，不仅有京剧、文明戏、电影、杂耍等演出表演，还有台球、保龄球等游戏，有养着猴、鹿等动物的花园池沼，甚至还有星相医卜，可谓吃喝玩乐无所不包。

由于资金充裕，也为了跟新世界唱对台戏，这里还用重金挖来当时的名角艺人，如坤伶碧云霞、雪艳琴、孟小冬，鼓王刘宝全，相声“八德”的焦德海、刘德智，香港魔术大师韩秉谦等，游人自然趋之若鹜。齐白石也曾带着朋友来这里玩，但觉得人太多了，有点扫兴。

可惜这好景只是昙花一现，由于城南游艺园仓促建设，质量堪忧，1921年京剧场西侧楼塌，摔死著名的燕三小姐，不得不关停一阵子，自此伤了元气。1928年，民国政府迁都后，这里越发萧条，不久就倒闭了。最不堪的时候，这里还曾一度成为屠宰场。在作家许地山笔下，先农坛由盛转衰，“古柏依旧，茶座全空。大兵们住在大殿里，很好看底门窗，都被拆作柴火烧了”。

让先农坛与体育结缘的，是庆成宫南面的足球场。1934年，时任北平市市长的袁良来到这座已经荒废的皇家祭坛勘察，决定在此处兴建北平市第一座公共体育场。正是凭借这个机缘，先农坛体育场成为新中国首座国家体育场。

（选自《作家文摘》第2307期）

南京中央饭店有多火

◎ 赵子云

南京长江路（昔时国府路）未改造拓宽前，原国民政府对面，有一道长 30 多米、高 10 多米相当气派的大“照壁”。许多人说那道“照壁”能镇恶祛邪、逢凶化吉，有利于风水；但其真相，则引出一段当年江政卿创办名噪海内外的南京中央饭店的旧闻。

看准南京“风水宝地”

江政卿原籍苏州，但长居上海，是位头脑灵活、善于经营的人物。20 世纪 20 年代，他即脚踏官商两界。曾在上海、南京、浙江一带担任税务局局长，还曾任过上海总商会所属南京市保卫团团长。

由于北伐军进展很快，江政卿审时度势，认为中国的政治文化中心很可能南移，于是他决定到南京发展。

果然，1927 年 3 月，北伐军攻克南京。4 月 18 日宣布国民政府定都南京。南京一下成了首府，人口骤增，党政军商各界到南京活动的也日渐频繁，江政卿见时机已到，即着手他的兴建一个商业中心的计划。不料国民政府要修建迎榇大道，大道刚好经过江政卿所购置的那块地皮，即后来的中山东路一段，江政卿的规划搁浅。

随着中山东路的开通，这一带市面顿时日趋繁华。国民政府的办公地就在中山东路北面（前清的两江总督府、太平天国的天王府旧址）。由此，江政卿看出，如果在中山东路上建一饭店，生意必定兴隆。于是他当机立断，立刻运用其社会关系，以剩下的地产入股，并召募股金筹建一座饭店，成立了中央饭店股份有限公司（因当时南京为中央政府所在地，大行宫又处于市中央，故取名为中央饭店）。

首都第一饭店

根据紧靠国民政府大院的地理优势，公司董事会决定将该饭店建成 6 层大楼，哪知设计图纸送首都建设委员会审批时却遭到拒批，原因是该饭店地处国民政府正南面，距离太近，居高临下，国府大院将一览无余，于国府安全和保密不利。

但江政卿凭借与政界的密切关系，几经周折，最终还是领到了建筑执照，不过只批准建 3 层楼房。此外还有一重要条件：为确保国府大院的安全，必须在饭店北面与国府大院之间另建一道高墙，作为屏障，以挡视线。江政卿全都接受。于是，一座后来举“市”闻名的大“照壁”拔地而起。

1929 年春，一座颇具欧美式建筑特色的中央饭店矗立在新辟不久的中山东路上。

整个大楼为 3 层呈回字形，南面迎街 4 层为宝塔式小型钟楼，外带一个个拱出的欧式铸铁阳台，外形美观，新颖别致，饭店周围环境宁静幽雅。

内部装修考究，富丽堂皇、典雅高贵。200 多套客房全部备有暖水汀、电扇和订做的标有“央”字标志的西式镀铬铜床及柳桉木家具和大沙发。每个房间都有西式盥洗室。底层大厅还设有时兴的弹子房、小商店、理发室、洗衣部和大型的西餐厅。即使只有 4 层，但仍然配备了进口的电梯。

大堂外广场可停 30 辆汽车，围墙东西两头有两扇大门，由首都警察厅派两名警察长年把守。这种非凡的排场，在当时是绝无仅有的，中央饭店成了无可争议的首都第一饭店。

中央饭店无与伦比

中央饭店开张后，门前顿时车水马龙，冠盖云集，几乎天天客满，使得大行宫一带热闹非凡，该店名声很快名扬海内外。

那时单人小间每日收银币三四元，大套间每日收费高达二三十元，折合 450 斤到 750 斤大米。即使这样的“天价”，如果不预先订房或托人情，往往还会吃闭门羹。

因为内部装修奢华，加上地理区位优势，蒋介石与宋美龄也经常将中央饭店作为宴请社会各界名流的场所，张学良来南京，即入住中央饭店，上海滩闻人杜月笙每到南京，也必定住在中央饭店。

抗战胜利后，梅兰芳剧团来南京演出时，梅本人住在中国银行南京分行，剧团人员全部都入住中央饭店。

抗战前是中央饭店的鼎盛时期，江政卿日进千金，赚得盆满钵溢。他的女儿在南京时，冰激凌和西餐可以随便吃，她和姐妹们上街，可以随手从一些店里拿走自己喜欢的东西，只要把江政卿的大名报上，年底商铺自会找来结账。

抗战中被日军占据

1937年，南京沦陷前夕，江政卿带领一家老小离开南京，赴武汉避难。中央饭店股东也逃难各方。

南京沦陷后，中央饭店为日军占据，很快成了敌伪上层人员荒淫享乐的场所，容纳敌伪上层人员吸食鸦片，成了南京城内的大毒窟。

汪精卫粉墨登场后，伪实业部曾限令各饭店于1943年年底前重新登记完毕。中央饭店股份有限公司董事会因股东逃散各方，则请求汪伪政府实业部准予先行备案，事后再补办手续，但终未恢复营业。

抗战胜利后，国民政府还都南京，但中央饭店因被政府机关占用，所以无法恢复营业。直到1947年9月，江政卿通过上层政界关系，才收回该饭店产业。

同年12月19日正式对外迎客。尽管那时物价不断飞涨，但中央饭店依然生意兴隆，其房价如水涨船高，仍能取得厚利。

1949年，江政卿回到上海，因吃官司而锒铛入狱，他用10两黄金贿赂了看守狱卒，逃出上海，潜往香港。20世纪60年代末，江政卿客死香港。

1995年，鉴于中央饭店昔日的特殊地位，南京市有关部门在该店原有基础上，增加配套设施进行改造，使得整个大楼外观更加显眼明快，内部更加典雅高贵。并特请程思远先生题写店招，制成铜字，镶于迎街院大理石上，走廊上挂着一排的相框，框内为当年入住过中央饭店的名流简介。

（选自《作家文摘》第2346期）

雨果的“中国客厅”

◎ 卢桢

老天哪！整个中国在地上跌得粉碎！

这是雨果1877年创作的《跌碎的花瓶》中头一句诗，他喜爱的花瓶被女仆不慎打碎，引发诗人产生如此惊人突兀的感叹。按照雨果的描述，那花瓶又白又细，像一滴闪光的水，瓶身上绘满了花草和虫鸟，对于这类代表中国风尚的器物，雨果往往怀有一颗比中国人还热爱中国的心。

48次购买中国艺术品

值得庆幸的是，热爱中国文化且好收藏古物的雨果，淘到的中国花瓶绝不止碎掉的这一个。

逃亡暂居在根西岛期间，雨果先后48次购买了中国艺术品，粗略估算，他为此一共花费了3000多法郎。要知道，雨果给情人朱丽叶买下的公寓，也才花了14000法郎。他花了近一年的时间，亲自为朱丽叶的寓所“高城仙境”设计装修，还特意把自己收藏的中国风物件都一股脑汇入其间，比如花瓶、乌木家具、宫灯、佛像等等。终于，雨果为朱丽叶打造出一间富有奇异东方元素的“中国客厅”。

面对雨果的这件“中国风”礼物，朱丽叶感受到她从未体会过的、繁复夹杂陌生的华丽感，她完全被迷倒了，并由衷赞叹道："这是一首真正的中国诗。"

承载中国梦的瓷盘墙

从上世纪初开始，朱丽叶的"中国客厅"里大部分物件和装饰品，连同雨果在其他住所的一些重要收藏品，都源源不断地被转移到巴黎的雨果故居博物馆。这所故居位于孚日广场 6 号，1832 年 10 月，雨果和妻子阿黛尔租下二楼一套 280 平方米的公寓，一住就是 16 年。

正是在这栋宽敞的公寓里，他完成《悲惨世界》的构思和初期篇章的写作。1902 年，作家百年诞辰之际，巴黎市政府将公寓辟为雨果纪念馆，免费向文学游客们开放。

"中国客厅"位于纪念馆的第三展厅，大厅中央悬挂着中式宫灯，上绘仕女图。墙体及天花板布满漆着深深暗绿色的木制嵌板，两幅四尺中堂绘制着东方面孔的人物，仿佛是《西游记》的故事。

《跌碎的花瓶》里"绝无仅有的""难得一见的奇迹"说的花瓶在这里却有许多。除去花瓶，像杯碗碟盘、麒麟狮子之类瓷制摆件，都被巧妙安放在雕刻着兰、竹、梅、凤等吉祥如意图案的橱柜上，想来这些图案也出自雨果之手。

最让中国人惊叹的是，雨果把大小形状相近的大约 60 个瓷盘通通镶在了板壁上。任何人到达展厅，首先跃入眼帘的便是这面瓷盘墙，它们如排山倒海之势，积聚起足够的能量，使人领略到"密集"本身的冲击力。暗绿色的墙体，构成一片深层的夜空，贴合其上的洁白瓷盘，如群星般光芒闪烁，这美丽摄人的夜空，大概承载了雨果先生的中国梦吧。

创作了 57 幅“中国题材画”

从 17 世纪开始，欧洲曾狂热地流行起“中国风”审美，甚至还有一个法语单词 Chinoiserie 专门与之匹配。

到了雨果的时代，装饰艺术上的中国风已然退潮，但诗人依然坚守着他的东方情调，他甚至还创作了 57 幅“中国题材画”，其中的 38 幅木板烙画，就如瓷盘一样，密集悬挂在中国客厅的墙上。雨果画了各种各样的中国人，比如当官的、乘船的、杂要的、遛狗的、挑担的、做梦的……种种样态，都被雨果以可爱的喜感呈现，这些人物往往是洋葱一般的头、倒八字的眼睛、天真开朗的笑容、神秘莫测的表情……大概这就是雨果对充满新奇而纯真的东方趣味的理解吧。

（选自《作家文摘》第 2366 期）

消失的露香园和流传至今的顾绣

◎ 楚九歌

消失的名园

在上海人民路附近有一条“露香园路”。但是慕名而去却不见名园。

其实，露香园是一座消失的名园。它曾与豫园、日涉园并称“明代上海三大名园”。明代中后期，东南沿海的名商巨贾、士人官吏中开始流行修建园林。嘉靖年间，顾名儒在城内黑山桥购买了土地，兴建起私家园林，取名曰“万竹山房”。

顾名儒的弟弟顾名世后来在万竹山房东西两侧开辟旷地，修建池塘，施工时掘出一块石头，上面刻写着“露香池”。这三个字笔迹俊逸，被认为是赵孟頫的手笔，于是顾家便将自己所建的园子称为“露香园”。

顾家修建这座园林，前后十余年，耗资数万两之巨，最终形成了占地四十余亩的规模。顾氏兄弟都是擅画之人，有极高的审美。露香园依据古图画的山水亭台布局构建，集有露香阁、碧漪堂、阜春山馆、积翠冈、分鸥亭、独管轩、大士庵、青莲池等景点。到了康熙初年，清廷一度将露香园旧址建为水师兵营，水师撤离后，这里便成了废墟。

道光年间，时任上海知县的黄冕，不忍心看到一代名园陨落，就邀集当地富户，将废墟修缮，恢复部分景点，让昔日名园浸浸然有复兴之势头；又在空地之上，修建了义仓。

鸦片战争爆发后，清廷加强海防，上海也积极备战。露香园义仓改为火药仓库，堆放了大量的火药。遗憾的是，看守人员低估了火药的威力，疏忽马虎，1842 年 4 月 18 日傍晚，存放在园中的火药突然爆炸，这里被夷为平地。昔日的繁华如梦幻泡影。

传世的顾绣

露香园消失之后，只是在世界上留下了一连串的地名：露香园路、青莲街、阜春街、万竹街等路，均由露香园景点名称而来。但是，露香园的故事并没有因为它的彻底消失而中断，它还给人们留下了一颗遗珠——顾绣。

原来，露香园传到第三代，顾名世有一个孙子叫顾寿潜（字旅仙），这位顾家子孙性情洒脱，不在科考上钻营，但是继承了家族擅长画画的优良传统。据《同治上海县志》记载，连当时的大画家董其昌都很欣赏他的画法。

顾绣名家中，造诣最高、最具代表性的，正是顾寿潜的妻子韩希孟。

顾家原本就是绘画扬名的文化家族，顾家的女子耳濡目染往往酷爱绘艺、丹青书法。早在韩希孟嫁入顾家之前，顾家第一代绣女缪氏就将传统的刺绣技艺与绘画技巧结合，形成了独具风貌的顾家绣法。

韩希孟出身名门，自幼学画，颖悟非凡。她继承了缪氏的绣法，参以绘画技巧，进一步完善了绣法。她可将丝线劈为三十六丝，其劈丝细过于发，而针如毫。这种刺绣品的山水、人物、花鸟，无不精妙，与画的质感相近，故称“画绣”，又因出自顾家，又被叫作“顾绣”。

上个世纪初，顾绣几经沉沦，一度曾濒临失传。1972年年底，松江工艺品厂热烈响应周恩来总理发出的“挖掘传统工艺美术品”号召，聘请顾绣传人戴明教授徒传艺，顾绣得以恢复传承。

（选自《作家文摘》第2368期）

外国人眼中的大报恩寺

◎ 庚沅

大报恩寺琉璃塔的名气在国外和国内非常不成正比。在西方，它是古代中国的标志性建筑之一。它会出现在中餐外卖盒上，甚至会被印在硬币上，原价 0.5 镑的硬币被炒到了 310 镑。

如果说南京城是大明王朝的王冠，大报恩寺琉璃塔便是王冠上最耀眼的宝珠。大报恩寺琉璃塔的总设计师是明成祖朱棣。而琉璃塔的匠人们也用精湛的技艺塑造了琉璃塔“三绝”，让“天下第一塔”实至名归。第一绝曰高耸入云，第二绝曰通体琉璃，第三绝曰佛灯永明。

这个塔高 78.2 米，如果按一层楼层高 3 米来算，这座塔约等于 26 层楼。哪怕是今天来看，也是一个高层建筑。通体用琉璃烧制，塔内外置长明灯 146 盏，光辉灿烂，华贵非常。17–19 世纪，欧洲人称大报恩寺琉璃塔是“中国之大古董”“永乐之大窑器”，将其誉为世界七大奇迹之一，与古罗马斗兽场、亚历山大地下陵墓、比萨斜塔相并列。

真正使大报恩寺琉璃塔盛名远播欧罗巴的，是荷属东印度公司的一个使团。1655 年，荷属东印度公司派出近百人的使团前往中国访问，其中有一位“摄影师”，名为约翰 · 尼霍夫，他负责将沿途的中国风景描绘下来。

多年后，回到荷兰的尼霍夫委托哥哥在阿姆斯特丹出版了自己的中国游记《荷兰共和国东印度公司大使晋谒中国皇帝记》，记述自己出访中国的经历。书中的大报恩寺琉璃塔素描画震撼了欧洲人，迅速掀起了一股“大报恩寺琉璃塔热”。

大报恩寺的走红在整个欧陆引发了模仿风潮。法王路易十四为了讨自己的情人蒙特班斯夫人欢心，命令建筑师建造一座最时尚的宫殿。宫廷建筑师路易·勒凡从“南京瓷塔”中获得灵感，建造了一座全部用瓷砖作材料的建筑——特里亚农瓷宫。

英国也有一座完全模仿琉璃塔的建筑——邱园宝塔。邱园宝塔也是皇家建筑，高约 50 米，共 10 层，与琉璃塔一样，每层高度和周长以 30 厘米的级差逐级递减，可称琉璃塔的异国兄弟。

尽管大报恩寺曾经如此声名远播，而今却少为国人所知。可能更鲜为人知的是，大报恩寺还有着不止一个辉煌“前世”。

晋太康年间，武帝司马炎在建初寺遗址上复建长干寺。长干原为巷名，借指南京，可能因为名字中有个“长”，长干寺很长寿，地位也非常显赫。

唐时，长干寺曾经供奉了唐庭获得的佛顶舍利。宋天禧元年（1017），重修后的长干寺改称天禧寺，寺塔易名“圣感”。元朝至元二十五年（1288），元世祖忽必烈下诏，将天禧寺改名为“元兴慈恩旌忠教寺”，改塔名为“慈恩塔”。元圣宗在继位前所居怀王府就在天禧寺附近，他即位后将自己的观音佛像供奉在寺内，还经常直接从国库中拨款用作该寺的维修费用。

明永乐六年（1408），天禧寺毁于战火。永乐十年（1412），朱棣开始重修天禧寺，并取名为报恩寺。此后，大报恩寺于太平天国年间毁于战火。如今，大报恩寺和琉璃宝塔没有再次被重建，对曾经琉璃塔的光辉灿烂只能依托于文字、图画、琉璃塔的模仿者，存在于想象中了。

（选自《作家文摘》第 2253 期）

伦敦丽兹酒店传奇

◎ 爱你的 MISS

见证历史

伦敦丽兹是世界上最具传奇色彩的酒店之一。开业 100 多年来，接待过的名流雅士和皇室政客数不胜数。同时作为地标酒店，伦敦丽兹也见证了许多历史上的伟大时刻。

在上个世纪，爱德华七世就已经十分青睐这里了，甚至曾说过："丽兹去哪儿，我就去哪儿。"查理·卓别林曾从酒店阳台抛出康乃馨，引发万人轰抢，之后在 40 个警察的护拥下才走出酒店。

一战后期，当时的英国首相大卫·劳合·乔治在丽兹举行了大量的秘密会晤。因为酒店极强的私密性，在二战期间，艾森豪威尔和戴高乐也在这里讨论战略部署。伦敦丽兹还是被铁娘子撒切尔夫人喻为家的地方，她也在这里度过了人生最后的时光。

在 2002 年 1 月，威尔士亲王查尔斯王子亲自为伦敦丽兹颁发了皇室认证，这是世界上第一家，也是唯一获此殊荣的酒店。

这里也是影视剧喜爱的拍摄场地，在电影《诺丁山》中，由茱莉亚·罗伯茨扮演的女主就是在酒店特拉法加套房里举行的记者招待会。片中，在酒店前台接电话的迈克尔就是由丽兹礼宾部的主管迈克尔本色出演。他从 16 岁起就在这里工作，已经为酒店服务超过了45年。

还有我们熟知的英国热剧《唐顿庄园》也选择在伦敦丽兹的餐厅，取景拍摄收官的最终季。

设计精妙

丽兹酒店地处伦敦的闹市中心，位于可以俯瞰皇家格林公园的皮卡迪利大街。酒店交通出入非常方便，距离白金汉宫只有700米，而大本钟、国会大厦、伦敦眼都在2公里内。步行就可以抵达大英博物馆、海德公园等知名景点。喜欢购物的朋友就更合胃口了，附近就是大牌拥簇的邦德街，以及本地人喜欢的摄政街和牛津街。

伦敦丽兹由丽兹酒店的创始人瑞士大亨塞萨尔·丽兹创建，是继巴黎丽兹之后的第二家丽兹酒店。

而丽兹与丽思卡尔顿并不是全无关系的。丽思卡尔顿起先是塞萨尔在1905年与金牌大厨斯科菲尔德在汉堡美国邮轮上开设的餐厅名字。在塞萨尔过世之后，1911年，丽思卡尔顿的美国境内使用权被一位外姓人士阿尔伯特·凯勒买下。而且定下规矩，凡是有丽兹的城市，都不再开设以丽思卡尔顿为名的酒店。之后，被万豪集团收购的丽思卡尔顿酒店开始在美国发展，成为了全球顶尖的奢华酒店品牌。

伦敦丽兹正式开业于1906年，当时是伦敦的第一座钢结构建筑，现已被列入英国二级保护建筑。酒店外观上像是一间低调的巴黎公寓，由当初打造巴黎丽兹的英法两位建筑师共同设计，据说是对塞萨尔生于欧洲的一种致敬。

正宗英式下午茶

从木质旋转门进入酒店，仿佛是来到了维多利亚时期的繁荣时代。大量的金箔装饰美轮美奂，极尽奢华。在经历过多次翻新之后，现在的空间结合了现代化的设施，以路易十六风格的装饰呈现，巴洛克元素的曲线元素被运用到各处。旋转楼梯可以从各个楼层俯瞰大堂，而与之相连的拱形长廊，几乎贯穿了整座酒店。

相较于欧洲国家客房面积普遍较小，伦敦丽兹的 136 间客房及套房可以说是绝对宽敞了。基础房型面积 24 平方米起，套房面积 80 平方米起。关键每一间的设计风格都完全不一样，任性的“酒店控”可以每天住不重样的。

伦敦丽兹的餐厅被誉为是全球最美的餐厅之一，同时也是米其林一星餐厅。粉红和嫩绿在这里勾勒出了一个低饱和度的空间，鎏金的铜花边与枝形的吊灯装饰出了伦敦最富丽堂皇的用餐空间。

英国作为下午茶的发源地，伦敦丽兹保留了正宗英式下午茶最为传统的部分。包括用茶时候的正式着装、银质的茶具器皿以及高标准的三层点心。据说，滚石乐团的米克·贾格尔因为没有正式着装而被拒之门外。

就在 2019 年，伦敦丽兹的下午茶被当地最负盛名的美食大赏 Harden’s London Restaurant Awards 评为 2019 年度最佳。据说，丽兹的侍者在服务的时候，还会讲关于女王和司康饼的冷笑话。

1995 年，亿万富翁家族巴克莱家族的双胞胎兄弟，以

7500 万英镑的价格买下了这座酒店，2019 年曾以 8 亿英镑（约 71 亿元人民币）的挂牌价格出售，惊到了世人。

（选自《作家文摘》第 2288 期）

中南海与紫禁城的神秘“夹道”

◎ 张力

南长街，是一条中南海与紫禁城的“夹道”。清代，未修南长街前，这里集中了会计司、煤炭库、章仪司等部门，为紫禁城内的生活提供保证。

民国初年，才在社稷坛的墙上打开豁口，开辟新街，并在街口修建了一座高大的拱门，上题“南长街”三个大字，这就是我们今天看到的南长街南口大门。与身为六朝古都的北京城相比，百年南长街显得十分“年轻”。

漫步南长街

南长街的北端紧邻着西华门。清代帝后游幸西苑、西郊，多由此门而出；八国联军打进北京城时，慈禧和光绪也是从这里西逃的。西华门两侧有一排影壁楼，这在故宫四大门中可谓“独一无二”。

上世纪 70 年代，北京饭店修建“新东楼”时，楼层设计过高以至于能远眺中南海内景。出于安全考虑，周总理亲自带人实地测量，才在西华门建起了 5 栋影壁楼。

南长街的南端则与西长安街相连，笔直的马路是它的脊梁。胡同与四合院如筋络和肌理般遍布其中。

消失的“54号”

过去，南长街中遍布着很多小胡同，但随着岁月的变迁，许多已经“名存实亡”，大宴乐胡同就是其中一条。看名字，以为与皇家乐坊有关系，其实这里过去是给皇宫内院烧制草纸的地方。据说当时共有72间房，每间房里都有熬制草纸的灶台，终日黑烟滚滚，所以在清朝被称为“大烟筒胡同”。民国建立后才谐音雅称为“大宴乐胡同”，工坊也改作了民居，还曾住过不少名人。

大宴乐胡同26号（旧称南长街54号，今无存），就曾是梁启超、梁启勋两兄弟的故居，他们在此度过了十余年相濡以沫的光阴。辛亥革命以后，梁家兄弟海外归来，意图在政坛一展身手。

1912年9月，梁启超被任命为司法总长，梁启勋任中国银行监理、币制局参事，亲手制定“袁大头”中金、银、铜的比例。他们几经辗转最后选定了“南长街54号”。这处占地四亩的宅院共有40间，里外三进，最高的南房曾是梁启超的固定卧房。梁启超之子梁思成与林徽因的订婚仪式便是在这儿举行的。

在抗日战争和解放战争中，这座宅院还成了保护爱国人士的秘密基地。梁启勋曾收容掩护了不少学生，通过地下组织送往解放区。直到1982年，梁家人才搬离“南长街54号”。

后来，由于这里紧邻中南海，出于保密与安全起见，这座历经沧桑的宅邸也没了踪迹。

百年老校“女一中”

1913年，民国初建，女性受教育的权利日益被重视，“女一中”在宣武门内鲍家街成立，最初只有学生26人，教职工15人。

1926年，经在该校任教的李大钊努力争取，才从北洋军阀手中为学校争得清室善后委员会官产——原清内务府会计司南花园旧址（现北长街113号）用于建校。也就是现在一六一中学的北校区。

受李大钊影响，许多进步青年来到“女一中”任教。抗战期间，这里也是爱国学生运动策源地，“北平大中学校抗日救国学生联合会”就设在此处。邓小平的夫人卓琳，还有著名演员张瑞芳都是从“女一中”毕业的。直到1972年，“北京女一中”才改名为“北京一六一中学”，校名由陈云题写，后又陆续兼并了多所学校，形成“一校三址”的格局，如今已是北京城里有名的重点高中之一。

（选自《作家文摘》第2117期）

“烂尾的”延禧宫与“中国风”

电视剧《延禧攻略》热播的时候，不少延禧粉跑到故宫欲一睹魏璎珞住的“延禧宫”真容，不过时任故宫博物院院长单霁翔发话了：“真实的延禧宫其实是北京最早的烂尾楼。”

故宫里唯有的两个西洋建筑，一个是大名鼎鼎的宝蕴楼，这就是时任美国总统特朗普当年参观故宫最先到的地方；另一个就是俗称“水晶宫”的延禧宫了。

然而这两座西洋建筑的命运却截然不同，故宫的结构是除前朝后寝三大殿之外，还有东西各六宫，延禧宫就属于东六宫之一。

1845 年一把火把延禧宫的 25 间宫房全都烧毁了，仅剩下一个宫门，几年后复建，结果又被烧毁。

光绪帝、慈禧太后先后死去后，隆裕皇太后掌管后宫，她决定再重建延禧宫。太监提议说，此处易着火，可以建一个带水的洋建筑，以水克火。隆裕皇太后采纳了提议，还题匾额为“灵沼轩”，这也就是水晶宫了。

不过，水晶宫命途多舛，修建到一半时便因列强入侵、国库空虚等原因暂停了。后来又被西北军的炮弹击中，现在只剩一个空的钢架子了，水晶宫也成了故宫里最大的烂尾楼。虽然结局凄惨，但延禧宫却是清朝一代的皇宫贵族们痴迷于西洋风的一个见证。

这边故宫里有稀罕的两座西洋建筑，同时期的欧洲也刮起了强劲的“中国风”。除了茶、瓷器、丝绸这些生活起居物件，中国的建筑与园林也纷纷被欧洲上流膜拜。

欧洲人口中的“中国风”，来自于法语“Chinoiserie”，顾名思义是中国风格，指的是中华传统文化或广义的东方文化为依据，凸显中国元素的艺术风尚或生活方式。它本质上则是一种受中国设计手法影响的欧洲艺术风格，也称“中国热”。

欧洲“中国热”的出现始于明朝中后期隆庆开关，许多耶稣会士得以到中国传教，比如罗明坚与利玛窦，其中一部分回到欧洲，带回了丰富的中国见闻和著作，使欧洲人对丰富多彩的中国文化产生了浓厚兴趣，1700 年时，法国皇帝路易十四就曾身穿“中式服装”，乘八抬大轿出席凡尔赛宫的舞会，获得巨大追捧。

建筑上最早受到“中国热”影响的是路易十四的大特里亚农宫，又称瓷宫，是欧洲第一件中国风建筑作品，主体建筑屋顶装饰有大量的青白釉瓷瓦，由于不适用于法国寒冷的气候，不久便被拆毁。

随后日耳曼巴伐利亚地区，选帝侯伊曼纽尔及其子、科隆大主教克雷门斯也非常崇尚中国，伊曼纽尔命人在宁芬堡宫建起了一座中国茶楼，名之为“宝塔楼“。

普鲁士国王腓特烈一世正式将“中国趣味”的建筑带到欧洲，留存下来的有两件作品，一件是波茨坦无忧宫的“中国茶楼”。另一件是无忧宫北的一座宝塔，其名为“龙塔”。

“中国风”的狂热追随者腓特烈大帝在北欧地区设计建造过一处中国风味的建筑，位于瑞典斯德哥尔摩的卓宁霍姆宫内，取名叫“中国楼”。

在比利时布鲁塞尔，还有一座拥有100多年历史的中式殿宇，是1900年巴黎万国博览会时期，当局为了招揽观众，雇佣了一批华工精心设计并建造了新颖独特的“中国博物馆”和一座八角亭。

此时“中国风”在欧洲的热度早已消散，“中国风”在欧洲宫廷、贵族间完整画下句号。

（选自《作家文摘》第2167期）

瑞士千年小城的“希望密码”

◎ 青木

一座没有 12 点的时钟

坐落在美丽的阿勒河畔的索洛图恩于 2000 年前由罗马人建立，距离首都伯尔尼仅 40 公里。

游人们慕名而来，最想探索的是索洛图恩的“11”。小城里流传着一首带有 11 的建筑的顺口溜：11 座教堂、11 个喷泉、11 座塔楼、11 个博物馆、11 个公会、11 个堡垒、11 口公共水井……

在索洛图恩的 11 座教堂中，又以圣乌尔斯大教堂最有名，教堂由意大利建筑师皮索尼设计。在设计过程中，当地官员要求他使用数字 11。听到这一要求，他开始时有些抓狂，但后来他却狂热地爱上了这一想法，将 11 元素发挥得淋漓尽致。

该教堂从 1762 年到 1773 年一共建了 11 年。其外部的台阶分为 3 组，每段都是 11 个台阶。塔高据说是 6 乘以 11 米。它还有 11 个门、11 口钟和 11 座圣坛。楼梯两侧有两个古典喷泉，每个都装饰着 11 个细水龙头。

小城另一个知名“11”景点就是位于旧城区瑞银投资银行外墙上的时钟。这口钟只有 11 点而没有 12 点，而且有 11 个铜铃和 11 个大小不一的齿轮作为装饰，显得非常怪异。

“圣号”11

索洛图恩对11的迷恋可以追溯到数百年前。早在1252年，该城的同业公会便选定了这个数字，下设11个分支公会。如今，其中的铁匠公会的古建筑仍然矗立在一条老街上。此后，小城还设立了11个法警、11个牧师等职位。

到了1481年，索洛图恩成为瑞士联邦的第11个州；到了16世纪，该州被划分为11个地区。各个世代的统治者还都将“11”称为“圣号”。甚至11的倍数，即22、33、44等，也被赋予特殊意义。

如今，11除了被建筑和设施广泛应用外，还融入在索洛图恩居民的日常生活中。例如，当地孩子11岁时，以及成年人在11岁的倍数过生日时，都要举行特别的庆祝活动。

小城本地的不少商品和公司也会应用这个特别的数字。比如11啤酒、11巧克力等，甚至还有11瑜伽、11房地产公司、11餐馆等。索洛图恩和数字11之间的神秘关系也已经成为该城主要观光卖点之一，为此他们还设计了一条“11主题线路”。

“一种希望的密码”

尽管在索洛图恩，几乎每个人都知道11受到人们的喜爱，但没有人知道其确切原因与起源，就连当地旅游局和历史学者也无法说清楚。一个更合理的解释是数字的《圣经》内涵。《圣经》中的12位门徒，其中有11位是向善的。

同时，在数字命理学中，11被认为是所有数字中最直观的，通常与信仰和心理学有关，被视为神圣和具有预言性的。尽管如此，当地人并不想指向一种答案。

“如果一定要有标准答案，那它象征我们对完美永无止境的追求，是一种希望的密码。”当地历史学者斯塔林总结道，“它已经成为一种城市精神。过去，11 见证索洛图恩的历史。未来，11 仍会以同样的方式伴随这个城市的发展。”

（选自《作家文摘》第 2314 期）

那些写进史书的著名火山

◎ 陆益峰

维苏威火山：毁灭一座城

公元 79 年 8 月的一天，古罗马庞贝城的一名男子在炙热的火山灰中绝望地走着，附近维苏威火山的爆发，让这座城市成为人间地狱。突然，一块巨石从天而降，砸中了他的头部，这名男子应声倒地，此后身体被数米厚的火山灰覆盖。

近 2000 年后的 2018 年 5 月，负责意大利庞贝古城遗址发掘工作的考古学家们发现了他。据英国《卫报》报道，考古学家们在庞贝古城发现了一具遗骸，该遗骸躺倒在地，头部位置有一块巨大的石头，但是已找不到头颅。通过对骸骨的检测，考古学家认为，受害者是一名三十多岁的男性，胸部被压碎了。“凶器”是一块门框石，“可能是被火山喷发引发的强烈气流卷到空中，最后砸中了他”。此外，这名男子腿部患有感染，导致行走困难，从而阻碍了他的逃跑。庞贝考古的负责人马斯莫·欧萨那表示，此次发掘有“令人惊喜的发现”，有助于更好地“描绘那个时代的历史和文明”。

而那个时代的历史，就是公元 79 年 8 月维苏威火山爆发后，火山灰、碎石和泥浆淹没了庞贝城。十几个小时后，这座拥有两万多名居民的繁华城市彻底消失了。“凶手”维苏威火山，海拔约 1280 米，是世界上最著名的活火山之一，被称为

“欧洲最危险的火山”。

此后，庞贝城渐渐被人遗忘，直到17世纪初，当地人在打井时发现了古城的痕迹。到18世纪中期，深埋地底1700年的古城才重见天日。如今，庞贝古城是世界文化遗产。此外，由于厚厚的火山灰将城市淹没，导致密封性极好，因此古城里保存了大量的历史细节，成为世界考古界的“金矿”。

庞贝城早已画上休止符，但维苏威火山却不甘寂寞。公元79年后，维苏威火山又陆陆续续地喷发过二十多次，其中最近一次比较大的喷发发生在1944年。如今，在维苏威火山周围200多平方公里的红色危险区域内，散布着十几个城镇，大约60万人生活在这里。科学家们担心，未来如果维苏威火山大爆发，如何迅速疏散这些人口，将是个大难题。

坦博拉火山：导致“无夏之年”

1815年印度尼西亚松巴哇岛上的坦博拉火山大爆发，不仅造成巨大伤亡，还直接改变了全球气候，造成了“无夏之年”，进而间接改变了人类历史。而“坦博拉”在当地语中是“走开”的意思，也暗示着这座火山的危险程度。

据大不列颠百科全书的资料显示，1815年4月5日，坦博拉火山开始爆发。炙热的岩浆从火山口喷涌而出，以每小时160公里的速度碾过草地、森林和农田，最后流入海中，激起了冲天水雾。此外，火山爆发伴随的地震引发海啸，将位于火山旁的坦博拉镇彻底吞没。

这次坦博拉火山喷发从4月5日一直持续到当年7月中旬，

火山爆发指数（VEI）为七，这是地球上规模最大的火山爆发之一。坦博拉火山原本海拔 4100 米，经历了这次爆发后，火山高度硬生生被削去了约 1/3，剩下 2850 米。

数据还显示，此次大灾难共造成约一万人遇难。然而，坦博拉火山爆发的影响还远未结束。由于大量的火山灰进入大气，遮住了太阳光，低温席卷欧洲、美洲和亚洲，这导致全球平均温度在之后的一两年内下降了约 0.4 至 0.7 摄氏度。1816 年 6 月至 9 月，北半球出现了罕见的低温天气，美国甚至出现“六月飞雪”，因此这一年也被称为“无夏之年”。

由于夏天极端低温，美国粮食产量锐减，从而加速了美国的“西进运动”；欧洲出现大范围饥荒，这一方面拉开了欧洲变革的序幕，同时也加速了欧洲向北美的移民运动。

圣海伦火山：帮助预测爆发

如果说前两次著名火山爆发距离我们有些遥远的话，那么 1980 年 5 月 18 日美国华盛顿州圣海伦火山的爆发让人印象深刻。

这次爆发，圣海伦火山共喷出约 2.8 立方公里的物质，海拔降低了约 400 米。火山爆发后，留下了一个 5.1 公里长、2.6 公里宽、800 米深的火山坑，其爆发指数为五。此次灾难中，共有 57 人遇难，直接经济损失约 10 亿美元，这也是迄今为止美国死亡人数最多、经济损失最惨重的一次火山爆发。

饶是如此，与其他重大火山爆发事件相比，伤亡人数和财产损失已大大降低，这主要得益于人类在预测火山爆发方面的进步。

1980 年 3 月 5 日，圣海伦火山地区发生了多次轻微地震，这意味着休眠了 123 年的圣海伦火山即将回归。到 3 月 25 日，该地区已经记录到了数百次地震，其中最高的有里氏 5.2 级。3 月 30 日的一天内发生了 90 多次地震。地质学家们坐不住了，他们促请华盛顿州州长疏散周边居民。4 月 3 日，华盛顿州进入紧急状态；4 月 30 日，州政府在圣海伦火山周围建立“红色禁区”。正是这一系列的预警措施，让圣海伦火山爆发的危害性大大降低。

（选自《作家文摘》第 2201 期）

阳台，欧洲人的生活小舞台

◎ 青木

2020 年初新冠疫情来袭，被隔离在家的欧洲人纷纷涌向自家的阳台，在阳台唱歌、举行音乐会、烧烤，甚至跑马拉松。欧洲人对阳台有一种特殊的情结，阳台就是他们生活的小舞台。

朱丽叶的阳台

“传统的马耳他阳台，是欧洲现代阳台的雏形。”德国洪堡大学文化学者斯朵克尔表示，这种阳台为封闭式平台，只是从墙壁稍微延伸而出。色彩艳丽的传统木制阳台成为马耳他的一道风景。

17 世纪时，受巴洛克式风潮的影响，欧洲的建筑物开始设置现代意义上的阳台。当时的阳台附有铁制或石制栏杆，成为“看得见风景的地方”。

到 18 世纪，阳台成了身份象征，上流社会人士必置阳台，贵族更会把宫殿阳台装饰得美轮美奂。阳台还具有宗教意义，往往教区的主教堂都有阳台。举行宗教仪式时，阳台会以圣人肖像或雕像装饰。

后来，阳台又被赋予政治意义。像 1918 年，德国著名政治家李卜克内西在柏林城市宫殿的阳台上宣布了“自由社会主义共和国”的成立。英国举行盛大活动时，女王伊丽莎白二世也会带着众多王室成员登上白金汉宫阳台，与民众一起观看庆祝仪式。

欧洲最受欢迎的阳台当属位于意大利北部“爱情之都”维罗纳的朱丽叶故居的阳台。这座故居据说曾经是莎士比亚名著《罗密欧与朱丽叶》中女主角朱丽叶的居所。当年朱丽叶伫立在阳台上，罗密欧就是在阳台下面对她倾诉了自己的爱慕之情，并爬上阳台开始了一段倾城之恋。这座阳台现在爬满了绿油油的藤蔓，许多来自全球各地的爱侣在这里“感受”阳台之恋。

空中花园

如今，阳台已走入欧洲寻常百姓家。德国租户协会负责人罗伯茨表示，大约有 2/3 的欧洲人住在有阳台的住宅中。这些阳台小的面积不足 1 平方米，大的足有几十平方米。有阳台的住宅更受欢迎，租金也会提升不少。

与亚洲人一样，欧洲人也偏好向阳的阳台。特别是春夏两季，欧洲人喜欢把阳台开辟成“空中花园”。阳台围栏上方放置了五颜六色的盆花。阳台地面上则摆放各种观赏竹、西红柿、小乔木以及缠绕植物等。

欧洲人最喜欢在阳台上晒日光浴。文化学者斯朵克尔解释，这是因为欧洲尤其是中欧和北欧，太阳能资源稀少。所以一到晴天，欧洲人会马上躺在阳台的躺椅上，尽情地享受阳光。

为了显示主人的爱好，各家阳台还会点缀具有个性特色物品；足球迷会竖起自己喜欢的球队的队旗及各种标识；老年人喜欢摆放一些代表幸运的小矮人雕像；热爱和平和多元文化的人则会展示彩虹旗……

阳台也能满足各种兴趣爱好者：天文迷可以在晚上通过支在阳台上的望远镜观察天空中的繁星；文学爱好者可以在阳台阅读小说；体育迷可以在阳台上做瑜伽；孩子们还可以在阳台上露营……难怪，欧洲媒体称，欧洲人现在喜欢“在阳台上度假”。

社交的平台

欧洲人还常常把阳台作为社交的平台。每到周末，他们会邀请几位亲朋好友，一起在阳台上用早餐。尤其是烧烤派对，更受到欧洲人的青睐。烧烤派对一般采取“AA 制”，每位参与者带上一些烧烤的食材，大家边烧烤边聊天，联络了彼此的感情。

在此次疫情中，欧洲许多国家规定，除上班、外出采购粮食、药物及就医等紧急情况外，所有民众都必须待在家中。这时候，阳台也发挥了新的作用，成了民众的文化舞台。在歌剧发源地意大利，在家的民众涌向自己的阳台，一起唱起意大利名曲等，通过音乐为彼此打气。

在法国、瑞士、奥地利等国家，人们相约在晚上致敬白衣天使。不少民宅阳台上同一时间传出鼓掌声、欢呼声或音乐声，或者通过接龙活动，掀起阵阵声浪。

西班牙人还在小区内开启了居家健身模式：教练在小区大

楼前，对着阳台上的居民，和大家一起做健身操。

欧洲人对阳台的热爱还体现在阳台文学中。像法国作家帕斯卡·基尼亚尔撰写的小说《罗马阳台》，以17世纪的欧洲为背景，讲述镌版匠莫姆与一个已订婚的女子相爱，后被情敌毁容后远走他乡的故事。

德国也有《阳台上的男子》《你把我忘在阳台上》等小说。欧洲有关阳台的电影也不少，比如西班牙1962年上映的电影《阳台明月光》、德国2005年的《阳台前的夏天》、法国电影《海景阳台》及英国恐怖片《阳台》等。

（选自《作家文摘》第2320期）

广告柱见证德国 160 年风雨

◎ 马迎晨

2019 年，德国国家历史古迹办公室把境内 24 个历史悠久的广告柱列为历史古迹，在德国司空见惯的水泥广告柱有什么值得纪念的历史意义呢？

这种广告柱被叫作“李特法斯柱”，是 19 世纪中叶一位颇有经营头脑的德国出版商人恩斯特·李特法斯从国外引进过来的，目的是根除当时德国国内在墙壁和房屋上到处乱贴小广告的现象。从 1855 年起，这种富有德国特色的广告柱就开始从柏林蔓延到德国的其他城市，一直到邻近的奥匈帝国乃至整个欧洲，迄今已经有 160 多年的历史了。

李特法斯柱其貌不扬，一般高 3 米，周长 5 米，底座多为花岗岩制成，柱体为中空的混凝土水泥管，顶端有的做成锯齿状，有的是莲花状，也有的做成头盔或者礼帽的形状，上面贴满了花花绿绿的各色广告。广告柱大多矗立在德国大小城市的街角、闹市、公园、林荫道这种既引人注目又不会妨碍交通的地方。目前在德国大约有 5 万多个，其中在柏林有 2500 多个，在法兰克福还剩 500 多个（法兰克福市政府在战后重建中专门重新修复了几百个被飞机炸毁的广告柱）。160 多年来，广告柱一直扮演着信息中心的角色，各个城市的文化机构都喜欢利用这种广告柱来宣传本地的文化活动。

德国政府要拆除大部分广告柱的原因主要是其信息容量有限，宣传形式陈旧呆板，不如数字化广告牌效果好。大多数广告柱不得不面临“下岗”的窘境。德国政府之所以还要保留一部分有历史价值的广告柱，因为它们是德国文化的象征，是德国城市街景的重要标志，它承载了几代德国人对历史的记忆。

在柏林的海克舍尔市场就矗立着一个有名的广告柱，100多年前的1914年，德国军队从它身边列队走过，前往残酷的一战战场。在魏玛共和国的混乱时期，这个柱子曾经被内战双方拆下来当作街垒抵挡子弹。1933年，这里张贴过希特勒的竞选海报。二战爆发后，这里发布了各种各样的征兵命令和通告。1945年，柱子上又贴满了寻找二战失踪人员的寻人启事。

在德国现代史上，围绕着这些不起眼的广告柱不时上演着一幕幕惊心动魄的历史活剧。二战末期，慕尼黑大学的反战组织“白玫瑰小组”的绍尔兄妹曾经在当地的广告柱上张贴过反纳粹的传单。1945年4月，百万苏联红军兵临城下，柏林的德国守军把街头的广告柱变成一个个巷战堡垒和反坦克障碍物。冷战时期，东西方间谍往往选择西柏林偏僻地点的广告柱，作为接头点或者交换情报的天然邮箱。

这些颇具德国特色的广告柱也经常出现在很多西方谍战电影里，为影片增添了某种惊险神秘的气氛。如此看来，一个小小的广告柱简直就是一部浓缩的德国史。难怪恋旧的德国人听到要拆除广告柱的时候大多感到留恋、怀念和伤感，他们纷纷在柱子上写诗作画，或者抱着柱子合影留念。在柏林西部威尔玛斯道夫区有一个广告柱，曾经出现在1929年的童话故事书《艾米尔和侦探们》的封面以及后来的电影海报上，而现在它被裹上白纸准备拆除，上面有一条手写的标语“拯救这个柱子！”

（选自《作家文摘》第2265期）

北京曾有两座妈祖庙

◎ 芦金轩

妈祖是我国东南沿海包括东南亚地区渔民和船工共同信奉的海神。北京城里曾有两座“妈祖庙”：一座天妃宫，一座天后宫。它们都是旧时祭祀妈祖（又称天妃）之处。

北京不沿海，为何会出现妈祖庙呢？这与元明清时期，海运粮食有莫大的关系。

明代道士“众筹”建天妃宫

忽必烈于至元九年（1272）迁都北京，定名大都。大都的人口暴涨至 80 万，最迫切也最难解决的就是“吃饭”问题。

忽必烈命水利专家郭守敬疏通京杭大运河，并在京城内开凿通惠河，让南来的货物直接运抵皇宫墙外的积水潭。但每年调运进京的粮食仍然不能满足需求，忽必烈又命人开辟海上航线，至元十九年（1282），海运船队驮粮 46000 多石自刘家港（今江苏太仓县浏河）入海，跨越东海、黄海、渤海三大海域，最终在海津镇（今属天津市）靠泊，经运河运抵大都。

天妃是保护海上航行的女神。因此，元朝除设置漕司、海道运粮万户府外，还建“天妃宫”，以求天妃庇佑。从海运的起点刘家港到直沽，一路都建有祭祀妈祖的庙宇。作为海漕的终点北京，更有必要建类似的庙宇。

天妃宫建在哪里呢？当代学者赵洛先生在《北京的妈祖庙》中指出：天妃宫建于元泰定年间（1323–1328年）或稍后，约在今北京站东街东头稍南。

北京的这座天妃宫原称天妃庙，明景泰年间，天妃庙的负责人丘然源道士上奏，要求参照南京天妃宫的级别，将北京的天妃庙升格为天妃宫，景泰帝很快就回复同意。但扩建工程无人问津，虽然改称"天妃宫"，可实际还是"庙"。丘道爷只有走"众筹"这条路了，此事被大学士丘濬立碑铭记。丘濬琼台会稿载碑略云："天妃京师旧有庙，在都城之巽隅，大通桥之西，景泰辛未，住持道士丘然源援南京例，请升为宫，然规制尚存其旧，弗称宫之名也。成化庚子，然源乃募材鸠工，拓大而一新之，祠神之宫，兹其称矣。"从景泰辛未（1451）至成化庚子（1480）30年间，丘道士动员各界力量才扩建成天妃宫。

为何要参照南京天妃宫的标准呢？原来，南京的天妃宫大有来头。它原名龙江天妃宫，始建于明永乐五年（1407），是郑和第一次下西洋平安归来，明成祖为褒扬天妃护佑所建。此后几百年天妃宫历经战火，荡然无存，仅残留永乐皇帝所立"御制弘仁普济天妃宫之碑"。

清代天后宫还有部分遗存

北京的天妃宫如今已无迹可寻，但是北京的另一座妈祖庙天后宫却留有部分遗迹。

天后宫创建于清乾隆五十三年（1788）三月，正是福康安平定台湾林爽文事件回京后不久。

福康安的父亲是乾隆朝著名的将领、一等忠勇公傅恒，姑妈则是乾隆皇帝的原配夫人孝贤皇后。1786年，台湾林爽文发动起义，福建提督柴大纪被围于诸罗（今嘉义），福州将军常青多次征战不能取胜。第二年，即1787年，福康安带兵渡台，次年俘获林爽文，台湾安定。离开台湾前，福康安在彰化和台南倡议修建了天后宫。与此同时，福康安在给朝廷的奏折中，多次讲述天后神力相助的功绩，回京后不久，福康安便在他东四二条府邸不远处的马大人胡同，修建了天后宫，祭祀妈祖，以报答神佑的恩德。

天后宫建成后，乾隆皇帝还亲书匾额送到沿海天后宫悬挂。天后宫一时显赫无比。

嘉庆五年（1800）以赵文楷为团长、李鼎元为副团长的大清政府代表团出使琉球国，册封中山国新国王。李鼎元在接受册封琉球任务后，第一时间便到马大人胡同天后宫进香。赵文楷使团一行在福州再次举行妈祖祭礼后，开船直航琉球。在海上，雷雨交加，惊险不断，最终安全抵达琉球。中山国王尚温率官员和百姓在那霸港迎接使团。7月24日，正式举行隆重的册封加冕大礼。李鼎元在归途中作《后航海诗六首》，其中有这样两句："况有妈祖神，举念辄先觉。"

汪桂平先生在《北京天后宫考述》一书中，通过档案，对天后宫有详细的考证，他认为天后宫在清代拥有如今育群胡同17号、19号（原马大人胡同10号、11号）相毗连的两座建筑，民国后，神像、神殿、碑刻移至19号。天后宫所在的育群胡同17号后来成为中国社科院的一处院址，如今这里已被东城区公布为保护院落。

（选自《作家文摘》第2234期）

“克伦堡宫”为何称“哈姆雷特城堡”？

◎ 桑永海

丹麦古城赫尔辛格，有个建于文艺复兴时期的著名古堡叫“克伦堡宫”。它临海而立，远望呈正方形，四周围以城墙，还有一条阴暗潮湿的地下通道，经历了400多年的沧桑，仍然雄伟而神秘。

不知从何时起，“克伦堡宫”有了另一个名字——“哈姆雷特城堡”。为何要以一个文学经典人物的名字称谓一个城堡？

首先，莎士比亚关于哈姆雷特这个故事的取材，就来自于丹麦的宫廷斗争史，来自丹麦王子哈姆雷特复仇故事的启示。在莎氏之前，这个故事就在民间广泛流传，不止一次被改编为流行的复仇剧。但自从1601年，莎士比亚的《哈姆雷特》问世以后，就再也无人尝试改编了，因为人们知道，不会比莎翁写得更好。一代代人对莎翁《哈姆雷特》剧口耳相传的影响力，就是“克伦堡宫”被称为“哈姆雷特城堡”的直接原因吧。

还有，丹麦王室城堡里刀光剑影，演绎过一出出悲剧。就在莎士比亚写作《哈姆雷特》期间，“克伦堡宫”还发生了一起惊天血案：女王下令，三板斧砍掉了一个与女王有过恋情的年轻伯爵的头。莎翁的一个朋友也因参与其事被女王囚禁了。此事惊天动地，莎翁怎能不从血案里获得更真切的灵感？所以，人们说古堡就是他那部经典《哈姆雷特》原型的故乡。

当然，以哈姆雷特命名这个城堡的根本原因，还要从莎士比亚和他的伟大悲剧《哈姆雷特》的重要历史地位和重大影响上去寻找。《哈姆雷特》不但影响了欧洲，也影响了世界，被公认为是莎士比亚的代表作，从 1877 年以来，在欧洲平均每隔 12 天就有一部（篇）研究《哈姆雷特》的论文问世，直到现在，哈姆雷特也是欧洲学术研讨会上经常被提到的名字。早在 1900 年无声电影时代，《哈姆雷特》就被搬上了银幕，此后莎剧被拍成电影不下 400 部，其中被改编次数最多的就是《哈姆雷特》，并且此片的拍摄场地，全都在"克伦堡宫"。数百年来，这个古堡都与《哈姆雷特》血肉相连，这才是"克伦堡宫"以"哈姆雷特"名世的根本原因吧。

（选自《作家文摘》第 2109 期）

传奇荣宅藏着多少秘密

◎ 读史老张

“荣宅”与它的主人

上海陕西北路186号，是“中国民族资本家的首户”荣宗敬的宅院。1886年，14岁的荣宗敬离开无锡老家到上海打工，他的弟弟荣德生两年后也来到上海。兄弟俩从钱庄学徒做起，直至自己开钱庄，“一个铜板做十个铜板生意”，获利后迅速进军衣食工业。

到上世纪20年代，荣氏家族已拥有茂新、福新、申新三个系统21家工厂，成为中国民族工业的重要财团，被毛泽东称为“中国民族资本家的首户”。

1918年以后，荣宗敬从一个英国富商手中购入西摩路120号花园洋房（即今陕西北路“荣宅”），在此定居。

在上海，可称之为“荣宅”的老洋房，大约不下七八幢：高安路上的徐汇区少年宫，是荣德生先生故居；淮海路上的美领馆和日领馆，曾分别住过荣宗敬大儿子荣鸿元和二儿子荣鸿三；威海路幼儿园的洋房，则是三儿子荣鸿庆的住宅；上海交通大学校史馆（原交大图书馆），是由荣氏兄弟捐赠给南洋公学的，某种意义上来说，也算“荣宅”。新中国成立后，各处“荣宅”或屋易其主，或捐赠国家，命运不同，各有沧桑。

宴会厅里醍醐灌顶

来到“荣宅”，首先看的是有着彩色玻璃天顶的宴会厅，这里是荣宗敬宴请贵宾的地方。

荣氏兄弟一直视日商为劲敌，对于日本攫夺中国市场深恶痛绝。1919年五四运动后，为了联欧美抵制日本，荣宗敬曾在宴会厅设宴，招待欧美商人。据说，就在交杯换盏中，一位欧美大班向荣宗敬献计，荣氏集团应以期货贸易抵制日商。荣宗敬醍醐灌顶，1920年1月，开设了中国第一家面粉期货交易所“中国机制面粉上海贸易所”。之后，又开出了“上海华商纱布交易所”。荣氏集团期货贸易由此展开，有力抵制了日本“取引所”（交易所）的期货渗透。

这个宴会厅，还招待过鼎鼎大名的军阀头目孙传芳。1925年，孙传芳作为五省联军总司令，负责管辖上海市面。为了让“兵船牌”面粉赴费城万国博览会参展，荣宗敬对孙传芳寄予厚望。

哪里想到，两年以后，蒋介石抵达上海，一手发动四一二政变，屠杀共产党人；一手摊派军饷，打压民族资本家。荣宗敬稍有抵挡，蒋介石即以“勾结军阀孙传芳”为名，下令查封荣氏无锡家产。

客厅里的重大误判

客厅位于底楼东南侧，也兼有会议室功能。曾几何时，荣宗敬多少次在客厅制定大计、决胜千里，破釜沉舟、狂澜力挽，显示出“无锡拿破仑”的非凡魄力。

然而，荣宗敬一次重大的判断失误，也在客厅。1937年八一三事变，日军进攻闸北，申新一厂、八厂迭遭轰炸，荣氏集团损失惨重。12月30日，报上公布日伪“上海市大道政府”公告：为“救济战后商工界之苦境”，成立“上海市民协会”。荣宗敬的名字赫然在榜，当天下午，就在这个客厅，荣宗敬接受了《大陆报》记者的采访。

记者问：“‘市民协会’是否具有‘维持会’性质？”荣宗敬苦笑道：“我的厂子这么多，且大部分在交战区，我不出来维持谁来维持？……此事如呈请中国政府当局，势必不能成立。”此言刊出，立刻遭到各界抗日爱国人士谴责，荣宗敬“爱国实业家”的声望急剧下跌。

一封署名“一个不愿做亡国奴者”的信，寄到荣公馆，直指“市民协会”是傀儡组织。荣宗敬读罢，幡然醒悟，立刻在《大美晚报》上发表启事：“31日贵报晨刊详载荣宗敬谈市民协会新闻一则，与事实不符……应请贵报赐予更正，以免误会，毋任企祷。”

面对失策，在1938年1月4日深夜，荣宗敬做出了他一生中最艰难的决定：摆脱日伪纠缠，离开奋斗了大半辈子的上海。然而，一个月后，因伤心悔恨、心力交瘁，荣宗敬突发脑溢血去世。弥留之际，他告诫荣氏小辈：“荣家的厂子来之不易，千万不能落到日本人手中！”

（选自《作家文摘》第2080期）

由于时间仓促及其他原因，编者未能与本书所收个别作品的作者取得联系，请作者及时与编者联系，支取为您预留的稿酬与样书。谢谢!

联系地址及联系人：100125

北京朝阳区农展馆南里十号《作家文摘》报社编辑部